文學研究會
創作叢書

你我

朱自清著

商務印書館發行

自序

鄭振鐸兄讓我將零碎的文字編起來，由商務印書館印入文學研究會創作叢書。他和商務印書館的好意，我非常感謝。但這裏所收的實在不能稱爲創作，只是些雜文罷了。

寫作的時日從十三年八月起，到今年秋天止，共文二十九篇，分爲甲乙兩輯。甲輯是隨筆，乙輯是序跋與讀書錄，都按寫作先後爲序。用「你我」做書名，沒有什末了不得的理由；至多只是因爲這是近年來所寫較長的一篇罷了。

不記得幾年前的一個晚上，忽然心血來潮，想編集自己的零碎文字；當時思索了半天，在一張小紙片上寫下一個草目。今番這張小紙片居然還在，省我氣力不少；因爲自己作文向不保存，日子久了便會忘却，搜尋起來大是苦事。靠着那張草目，加上近年所作的，寫定了本書目錄。稿子交出了，才想起了我所見的葉聖陶，葉聖陶的短篇小說，冬天，歐游雜記自序；稿子寄走了，才又想起了擇偶記，想起了「老張的哲學」與「趙子曰」。偶然翻舊報紙，才又發見了論無話可說；早已忘記得沒有影子，重逢眞是意外——本書裏作者最中意的就是這篇文字。

「海闊天空」與「古今中外」是十四年寫的。那時在浙江白馬湖春暉中學，兪平伯兄在北京，兩人合編我們——一九二五年；這篇和「山野掇拾」都是寫給「我們」的。白馬湖是鄉下，免不了「孤陋寡聞」，所以狂妄地選了那樣大題目。「我們」出來後，葉聖陶兄來信說境界狹窄了些，與題不稱；「坐井觀天」，鄉下人到底是「少所見多所怪」的。這回重讀此文，更覺稚氣；但因寫時頗賣了些氣力，又可作「我們」的紀念，便敝帚自珍地存下。「山野掇拾」寫了三天，躲在山坳一所屋子裏寫完是六月一日，到了學校裏才知道那驚天動地的五卅慘案。這個最難忘記。「白采的詩」也是在白馬湖寫成，是十五年暑假中老早應下白采兄寫這麼一篇，不知怎樣延擱下來：好容易寫起，他却已病死，看不見了！眞是遺憾之至。

十九年聖陶兄有意思出一本小說選，讓我主持選政，便有了關於他的兩篇文字。後來他不想出了，兩篇東西就存在他那裏。這回是向他借鈔的。

「給一個兵和他的老婆的作者」，擬原書的口語體，可惜不大像；給亡婦想試用不歐化的口語，但也沒有完全如願。「你我」原想寫一篇短小精悍的東西，變成那樣尾大不掉，却非始料所及。但是以後還打算寫寫這類文法上的題目。談抽煙下筆最艱難，八百字花了兩個下午。這是我在大公報文藝副刊上的第一篇文字；「老張的哲學」與「趙子曰」是在同報文學副刊上第一篇文字。中間相隔五年，看過了多少世變，寫到這裏，不由得要停筆吟味起來。冬天，南京都是聖陶出的題目。萍因遺稿是未刊本，此書不知已流落何處。粵東之風稿交給北新多年，最近的將來也許會和世人相見。

十幾年來的零碎文字，至少還有十一篇不在現在的目錄裏。其中一篇中年，是一個朋友要辦雜誌教寫的。雜誌沒辦成，稿子也散失了，算是沒見世面。另一篇記辛亥革命時自己的瑣事，登在十八年清華大學國慶紀念刊上。那是半張頭的報紙，誰也沒有存着；現在是連題目也想不起了。

是爲序。

朱自清 二十三年十二月北平清華園

目錄

甲輯

乙輯

甲輯

「海闊天空」與「古今中外」

有一天，我和一位新同事閒談。我偶然問道：「你第一次上課，講些什麼？」他笑着答我，「我古今中外了一點鐘！」他這樣說明事實且示謙遜之意。我從來不曾想到「古今中外」一個兼詞可以作動詞用並且可以加上「了」字表時間的過去；驟然聽了，很覺新鮮，正如吃剛上市的廣東蠶豆。隔了幾日，我用同樣的問題問另一位新同事他卻說道：「海闊天空！海闊天空！」我原曉得「海闊從魚躍，天空任鳥飛」的聯語，——是在一位同學家的廳堂裏常常看見的——但這樣的用法，却又是第一次聽到！我眞高興得着兩個新鮮的意思，讓我對於生活的方法，能觸類旁通的思索一回。

黃遠生在東方雜誌上曾寫過一篇「國民之公毒」說中國人思想籠統的弊病。他舉小說裏的例，文的必是琴棋書畫無所不曉，武的必是十八般武藝件件精通！我想他若舉野叟曝言裏的文素臣，九尾龜裏的章秋谷，當更適宜，因爲這兩個都是文武全才，好一個文武「全」才！這「全」字兒竟成了「國民之公毒」！我們自古就有那「博學無所成名」的「大成至聖先師，」又有「一物不知，儒者之恥」的傳統的教訓，還有那「談天雕龍」的鄒衍之流，所以流風餘韻，扇播至今；大家變本加厲，以爲凡是大好老必「上知天文，下識地理，」而「中學爲體，西學爲用」便是這大好老的另一面。「籠統」固然是「全，」「鈎通」「調和」也正是「全」呀！「全」來「全」去，「全」得烏煙瘴氣，一塌糊塗！你瞧西洋人便聰明多了，他們悄悄地將「全知」「全能」送給上帝，決不想自居「全」名；所以處處「算賬，」刀刀見血，一點兒不含糊！——他們不懂得那八面玲瓏的勁兒！

但是王爾德也說過一句話，貌似我們的公毒而實非；他要「吃盡地球花園裏的果子！」他要享樂，他要盡量地享樂！他什麼都不管！可是他是「人，」不像文素臣章秋谷輩是妖怪；他是獃子，不像鈎通中西者流是滑頭。總之，他是反傳統的。他的話雖不免誇大，但不如中國傳統思想之甚；因爲只說地而不說天。況且他只是「要」而不是「能，」和文素臣輩又是有別；「要」在人情之中，「能」便出人情之外了！「全知，」「全能，」或者眞只有上帝一個；但「全」的要求是誰都有權利的——有此要求，才成其爲「人生！」——還有易卜生「全或無」的「全，」那卻是一把鋒利的鋼刀，因爲是另一方面的，不具論。

但王爾德的要求專屬於感覺的世界，我總以爲太單調了。人生如萬花筒，因時地的殊異，變化不窮，我們要能多方面的了解，多方面的感受，多方面的參加，才有眞趣可言；古人所謂「胸襟，」「襟懷，」「襟度，」略近乎此。但「多方面」只是概括的要求；究竟能有若干方面，却因人的才力而異——我們只希望多多益善而已！這與傳統的「求全」不同，「便是暗中摸索也可知道吧。」這種胸襟——用此二字所能有的最廣義——若要具體地形容，我想最好不過是採用我那兩位新同事所說的：「海闊天空」與「古今中外！」我將這兩個兼詞用在積極的意義上，或者更對得起它們些。——「古今中外」原是罵人的話，初見於新青年上，是錢玄同（？）先生造作的。後來周作人先生有一篇雜感，却用它的積極的意義，大概是論知識上的寬容的；但這是兩三年前的事了，我於那篇文的內容已模糊了。

法朗士在他的「靈魂之探險」裏說：

人之永不能跳出己身以外，實一眞理，而亦卽吾人最大苦惱之一。苟能用一八方觀察之蒼蠅視線，觀覽宇宙，或能用一粗魯而簡單之猿猴的腦筋，領悟自然，雖僅一瞬，吾人何所惜而不爲？乃於此而竟不能焉。……吾人被錮於一身之內，不啻被錮於永遠監禁之中。（據楊袁昌英女士譯文，見太平洋四卷四號。）

藹理斯在他的感想錄中「自己中心」一則裏也說：

我們顯然都從自己中心的觀點去看宇宙，看重我們自己所演的脚色。（見語絲第十三期。）

這兩種「說數」我們可總稱爲「我執」——却與佛法裏的「我執」不同。一個人有他的身心，與衆人各異；而身心所從來，又有遺傳，時代，周圍，教育等等，尤其五花八門，千差萬別。這些合而織成一個「我」，正如密密的魔術的網一樣；雖是無形，而實在是淸淸楚楚，不易或竟不可逾越的界。於是好的，劣的，乖的，蠢的，村的，俏的，長的，短的，肥的，瘦的，各有各的樣兒，都來了，都來了。「把戲人人會變，各有巧妙不同；」正因各人變各人的把戲，才有了這大千世界呀。說到各人祇會變自己的一套把戲，而且只自以爲巧妙，自然有些「可憐而可氣；」「謂天蓋高，」「謂地蓋厚，」區區的「我，」眞是何等區區呢！但是——哎呀，且住！虧得尙有「巧妙不同」一句注脚，還可上下其手一番；這「不同」二字正是靈丹妙藥，千萬不可忽略過去！我們的「我執，」是由命運所決定，其實無法挽回，只有一層，「我」決不是由一架機器鑄出來的，決不是從一副印板刷下來的，這其間有種種的不同，上文已約略又約略地拈出了——現在再要拈出一種不同：「我」之廣狹是懸殊的！「我執」誰也免不了，也無須免得了，但所執有大有小，有深有淺，這其間却大有文章，所謂上下其手，正指此一關而言。

你想「頂天立地」是一套把戲，是一個「我，」「蹋天踏地，」或說「偪促如轅下駒，」如井底蛙，如磨坊裏的驢子，也是一套把戲，也是一個「我！」這兩者之間相差有多少遠呢？說得簡截些，一是天，一是地；說得嚕囌些，一是九霄，一是九淵；說得新鮮些，一是太陽，一是地球！世界上有些人讀破萬卷書，有些人遊徧萬里地，乃至達爾文之創進化說，恩斯坦之創相對原理；但也有些人伏處窮山僻壤，一生只關在家裏，親族隣里之外，不曾見過人，自己方言之外，不曾聽過話——天球地球固然與他們無干，英國德國皇帝總統，金鎊，銀洋，也與他們絲毫無涉！他們之所以異於磨坊的驢子者，眞是「幾希」！也只是蒙着眼，整天兒在屋裏繞彎兒，日行千里，足不出戶而已。你可以說這兩種人也只是一樣，橫直跳不出如來佛——「自己」！——的掌心；他們都坐在「自己」的監裏，盤算着「自己」的重要呢！是的，但你知道這兩種人決不會一樣！你我跳不出如來佛的掌心，孫悟空也跳不出他老人家的掌心；但你我能翻十萬八千里的觔斗麼？若說不能，這就不一樣了！「不能」儘管「不能，」「不同」仍舊「不同」。呀，你想天地是怎樣怎樣的廣大，怎樣怎樣的悠久！若用數字計算起來，只怕你畫一整天的圈兒，也未必能將數目裏所有的圈兒都畫完哩！在這樣的天地的全局裏，地球已若一微塵，人更數不上了，只好算微塵之微塵吧！人是這樣小，無怪乎只能在「自己」裏繞圈兒。但是能知道「自己」的小，便是大了；最要緊是在小中求大長子裏的矮子到了矮子中，便是長子了，這便是小中之大。我們要做矮子中的長子，我們要盡其所能地擴大我們自己！我們還是變自己的把戲，但不僅自以爲巧妙，還須自以爲「比別人」巧妙；我們不可但在內地開一班小雜貨舖，我們要到上海去開先施公司！

「我」有兩方面，深的和廣的。「自己中心」可說是深的一面；哲學家說的「自知」，("Knowest thyself")道德學家說的「自私」——「利己」也都可算入這一面。如何使得我的身子好？如何使得我的腦子好？我懂得些什麼？我喜愛些什麼？我做出些什麼？我要些什麼？怎樣得到我所要的？怎樣使我成爲他們之中一個最重要的脚色？這一大串兒的疑問號，總可將深的「我」的面貌的輪廓說給你了；你再「自個兒」去內省一番，就有八九分數了。但你馬上也就會發見，這深深的「我」並非獨自個兒待着，它還有個親親兒的，熱熱兒的伴兒哩。它倆你摟着我，我摟着你；不知誰給它們縛上了兩隻脚兒！就像三足競走一樣，它倆這樣永遠地難解難分！你若要開頑笑，就說它倆「狼狽爲奸，」它倆亦無法自辯的。——可又來！究竟這伴兒是誰呢？這就是那廣的「我」呀！我不是說過麽？知道世界之大，才知道自己之小！所以「自知」必先要「知他。」兵法有云：「知己知彼，百戰百勝，」可以旁證此理。原來「我」卽在世界中世界是一張無大不大[1]的大網，「我」只是一個極微極微的結子；一髮尙且會牽動全身，全網難道倒不能牽動一個細小的結子麽？實際上，「我」是「極天下之賾」的！「自知」而不先「知他，」只是聚在方隅，老死不相往來的辦法；只是「不可以語冰」的「夏蟲，」井底蛙，磨坊裏的驢子之流而已。能够「知他，」才眞有「自知之明；」正如鐵扇公主的扇子一樣，要能放才能收呀。所知愈多，所接愈廣；將「自己」散在天下，滲入事事物物之中，看它的大小方圓，看它的輕重疏密，這才可以剖析毫芒地漸漸漸漸地認出「自己」的眞面目呀。俗語說：「把你燒成了灰，我都認得你！」我們正要這樣想：先將這個「我」一拳打碎了，碎得成了灰，然後隨風颺舉，或飄茵席之上，或墮溷廁之中，❷或落在老鷹的背上，或跳在珊瑚樹的梢上，或藏在愛人的鬢邊，或沾在關雲長的鬍子裏，……然後再收灰入掌，摶灰成形，自然便鬚眉畢現，光采照人，不似初時「渾沌初開」的情景了！所以深的「我」即在廣的「我」中；而無深的「我」，廣的「我」亦無從立腳；這是不做矮子也不吹牛的道地老實話，所謂有限的無窮也。

❶ 這是一句土話，「極大」之意。

❷ 范縝語；用在此處，與他的原意不盡同。

在有限中求無窮便是我們所能有的自由。這或者是「野馬以被騎乘的自由爲更多」❶的自由，或者是「和豬有飛的自由一樣」❷但自由總和不自由不同，管他是白的，是黑的！說「豬有飛的自由」，在半世紀前正和說「人有飛的自由」一樣。但半世紀後的我們，已可見着自由飛着的人了，雖然還是要在飛機或飛艇裏。你或者冷笑着說，有所待而然有所待而然！至多仍舊是「被騎乘的自由」吧了！但這算什麼呢？鳥也要靠翼翅的呀！況且還有將來呢，還有將來的將來呢！就如上文所引法朗士的話：「倘若我們能够一刹那間用了蒼蠅的多面的眼睛去觀察天地」❸……目下誠然是做不到的，但竟有人去企圖了！我曾見過一册日本文的書——記得是「童謠の綴方」，卷首有一幅彩圖，下面題着「蒼蠅眼中的世界」（大意）。圖中所有，極其光怪陸離；雖明知蒼蠅眼中未必卽是如此，而頗信其如此——自己彷彿飄飄然也成了一匹小小的蒼蠅，陶醉在那奇異的世界中了！這樣前去，誰能說法朗士的「倘若」永不會變成「果然」呢！——「語絲」拉得太長了，總而言之，統而言之，我們只是要變比別人巧妙的把戲，只是要到上海去開先施公司；這便是我們所能有的自由。「秀才不出門，能知天下事，」這種或者稍嫌舊式的了；那麼，來個新的，「看世界面上」❹我們來做個「世界民」吧——「世界民」(Cosmopolitan)，者，據我的字典裏說，是「無定居之人，」又有「瀰漫全世界，」「世界一家」等義；雖是極簡單的解釋，我想也就夠用，恕不再翻那笨重的大字典了。

❶ 西還一五八頁。

❷ 見阿麗思漫游奇境記譯本。

❸ 此處用周作人先生譯文，見自己的園地一八一頁。

❹ 金瓶梅中有此語，此處只取其辭。

* * *

我「海闊天空」或「古今中外」了九張稿紙；儘繞着圈兒你或者有些「頭痛」吧？「只聽樓板響，不見人下來！」你將疑心開宗明義第一節所說的「生活的方法」我竟不會「思索」過，只寃着你「青山隱隱水迢迢」地逗着你頑兒！不別着急，這就來了也。既說「海闊天空」與「古今中外」，又要說什麼「方法」，實在有些兒像左手望外推，右手又趕着望裏拉，豈不可笑！但古語說得好，「大丈夫能屈能伸，」我正可老着臉借此解嘲；況且一落言詮，總有邊際，你又何苦斤斤較量呢？況且「方法」雖小，其中也未嘗無大這也是所謂「有限的無窮」也。說到「無窮」，眞使我爲難！方法也正是千頭萬緒，比「一部十七史」更難得多多；雖說「大處着眼，小處下手」但究竟從何處下手，却着實費我躊躇！——有了！我且學着那李逵從黑松林裏跳了出來，揮動板斧，隨手劈他一番便了！我就是這個主意！李逵決非吳用；當然不足語於絲絲入扣的謹嚴的論理的！但我所說的方法，原非斗胆爲大家開方案，只是將我所喜歡用的東西，獻給大家看看而已。這只是我的「到自由之路」，自然只是從我的趣味中尋出來的；而在大宇長宙之中，無量數的「我」之內，區區的我，眞是何等區區呢？而且我「本人」既在企圖自己的放大，則他日之趣味，是否卽今日之趣味，也殊未可知。所以此文也只是我姑妄言之，你姑妄聽之；但倘若看了之後，能自己去思索一番，想出眞個巧妙的方法，去做個「海闊天空」與「古今中外」的人，那時我雖覺着自己更是狹窄，非另打主意不可，然而總很高興了；我將仰天大笑，到草帽從頭上落下爲止。

其實關於所謂「方法，」我已露過些口風了：「我們要能多方面的了解，多方面的感受，多方面的參加，才有眞趣可言。」

我現在做着教書匠。我做了五年教書匠了，眞個膩得慌！黑板總是那樣黑，粉筆總是那樣白，我總是那樣的我！成天兒渾淘淘的，有時對於自己的活着也會驚詫。我想我們這條生命原像一灣流水，可以隨意變成種種的花樣；現在却築起了堰，截斷它的流，使它怎能不變成渾淘淘呢？所以一個人老做一種職業，老只覺着是「一種」職業，那眞是一條死路！說來可笑，我是常常在想改業的；正如未來派劇本說的「換個丈夫吧，」❶我也不時地提着自己「換個行當❷吧！」我不想做官，但很想知道官是怎樣做的。這不是一件容易事！官場現形記所形容的究竟太可笑了！況且現在又換了世界！努力週刊的記者在王內閣時代曾引湯爾和——當時的教育總長——的話：「你們所論的未嘗無理；但我到政府裏去看看，全不是那麽一囘事！」（大意）「全不是那麽一囘事」可見不入虎穴焉得虎子！我於是想做個秘書去看看官到底是怎樣做的？因秘書而想到文書科科員：我想一個人賺了大錢，成了資本家，不知究竟是怎樣活着的？最要緊，他是怎樣想的？我們只曉得他有汽車，有高大的洋房，有姨太太，那是不够的。——由資本家而至於小伙計，他們又怎樣度他們的歲月？銀行的行員儘愛買馬票，當鋪的朝奉儘愛在夏天打赤膊——其餘的，其餘的，我便有些茫茫了！我們初到上海，總要到大世界去一回。但上海有個五光十色的商世界，我們怎可不去逛逛呢？我於是想做個什麽公司裏的文書科科員，嘗些商味兒。上海不但有個商世界，還有個新聞世界。我又想做個新聞記者，可以多看些希奇古怪的人，希奇古怪的事。此外我想做的事還多！戴着齷齪的便帽，穿着藍布衫褲的工人，拖着黃泥腿，啣着旱煙管的農人，抗着鎗的軍人，我都想做做他們的生活看。可是談何容易；我不是上帝，究竟是沒有把握的！這些都是非分的妄想，豈不和癩蝦蟆想吃天鵝肉一樣！

——話雖如此；「不問收穫，只問耕耘，」也未嘗不是一種解嘲的辦法。況且退一萬步講，能夠這樣想想，也未嘗沒有淡淡的味兒，和「加力克」香煙一樣的味兒。況且我們的上帝萬一眞個吝惜他的機會，我也想過了：我從今日今時起，努力要在「黑白生涯」中找尋些味兒，不像往日隨隨便便地上課下課，想來也是可以的！意大利 Amicis 的愛的教育裏說有一位先生在一個小學校裏做了六十年的先生；年老退職之後，還時時追憶從前的事情：一閉了眼，就像有許多的孩子許多的班級在眼前；偶然聽到小孩的書聲，便悲傷起來，說：「我已沒有學校沒有孩子了！」❸可見天下無難事，只怕有心人！但我一面羨慕這位可愛的先生，一面總還打不斷那些妄想；我的心不是一條清靜的蔭道，而是十字街頭呀！

❶ 宋春舫譯的換個丈夫罷，曾載東方雜誌。

❷ 職業也。

❸見該書譯本第七卷中。

我的妄想還可以減價；自己縱不能做「諸色人等」，卻可以結交「諸色人等」的朋友。從他們的生活裏，我也可以分甘共苦，多領略些人味兒；雖然到底不如親自出馬的好。愛的教育裏說：「只在一階級中交際的人，恰和只讀一册書籍的學生一樣」❶眞是「有理呀有理！」現在的青年都喜歡結識幾個女朋友；一面固由於性的吸引，一面也正是要潤澤這乾枯而單調的生活。我的一位先生曾經和我們說：他有一位朋友新從外國回到北京；待了一個多月，總覺有一件事使他心裏不舒暢，卻又說不出是什麼事。後來有一天，不知怎樣，竟被他發見了：原來北京的街上太缺乏女人！他覺得這樣的生活，實在乾燥無味！但單是女朋友，我覺得還是不夠；我又常想結識些小孩子，做我的小朋友。有人說和孩子們作伴，和孩子們共同生活，會使自己也變成一個孩子，一個大孩子；所以小學教師是不容易老的。這話頗有趣，使我相信。我去年上半年和一位有着童心的朋友，曾約了附近一所小學校的學生，開過幾回同樂會；大家說笑話，講故事，拍七，喫糖果，看畫片，都很高興的。後來暑假期到了，他們還鈔了我們的地址，說要和我們通信呢。不但學齡兒童可以做我的朋友，便是幼稚園裏的也可以的，而且更加有趣哩。且請看這一段：

終於母親逃出了庭間了。小孩們追到欄柵旁，臉當住了柵縫，把小手伸出，紛紛地遞出麵包呀，蘋果片呀，牛油塊等東西來。一齊叫說：

「再會！再會！明天再來，再請過來！」（見愛的教育譯本第七卷內幼兒院中。）

倘若我有這樣的小朋友，我情願天天去呀！此外，農人，工人，也要相與些才好。我現在住在鄉下，常和鄰近的農人談天，又曾和他們喝過酒，覺得另有些趣味。我又曉得在北京上海的我的朋友的朋友，每天總找幾個工人去談天；我且不管他們談的什麼，只覺每天換幾個人談談，是很使人新鮮的。若再能交結幾個外國朋友，那是更別致了。從前上海中華世界語學會教人學世界語，說可以和各國人通信；後來有人非議他們，說世界語的價值豈就是如此的！非議誠然不錯，但與各國人通信，到底是一件有趣的事呀！——還有一件，自己的妻和子女，若在別一方面作爲朋友看時，也可得着新的啓示的。不信麼？試試看！

❶ 見該書譯本第七卷中。

若你以爲階級的障壁不容易打破，人心的隔膜不容易揭開，你於是皺着眉，噘着嘴，說：「要這樣地交朋友，眞是千難萬難！」是的；但是——你太小看自己了，那裏就這樣地不濟事！也罷，我還有一套便宜些的變給你瞧瞧；這就叫做「知人」呀。交不着朋友是沒法的，但曉得些別人的「閒事」，總可以的；只須不儘着去自掃門前雪，而能多管些一般人所謂「閒事」就行了。我所謂「多管閒事」，其實只是「參加」的別名。譬如前次上海日本紗廠工人大罷工，我以爲是要去參加的；或者幫助他們，或者只看看那激昂的實況，都無不可。總之，多少知道了他們，使自己與他們間多少有了關係，這就得了。又如我的學生和報館打官司，我便要到法庭裏去聽審；這樣就可知道法官和被告是怎樣的人了。

又如吳稚暉先生，我本不認識的，但聽過他的講演，讀過他的書，我便能約略曉得他了。——讀書眞是巧算盤！不但可以知今人，且可以知古人；不但可以知中國人，且可以知洋人。同樣的巧算盤便是看報！看報可以遇着許多新鮮的問題，引起新鮮的思索。譬如共產黨加入國民黨，究竟是利用呢，還是聯合作戰呢？孫中山先生若死在「段執政」自己誇詡的「革命」之前，曹錕當國的時候，一班大人老爺紳士乃至平民會不會（姑不說「敢不敢」）這樣「熱誠地」追悼呢？黃色的班禪在京在滬，爲什麼也會受着那樣「熱誠的」歡迎呢？英國退還庚子賠款，始而說「用於教育的目的」，繼而說「用於相互有益之目的，」——於是有該國的各工業聯合會建議，痛斥中國教育之無效，主張用此款築路——繼而又說用於中等教育；眞令人目迷五色，到底他們什麼葫蘆裏賣什麼藥呢？德國新總統爲什麼會舉出興登堡將軍，後事又如何呢？還有，「一夫多妻的新護符」和「新性道德」究竟是一是二呢？歐陽予倩的回家以後，到底是不是提倡東方道德呢？——這一大篇帳都是從報上「過」過來的，毫不希奇；但可以證明，看報的確是最便宜的辦法，可以知道許多許多的把戲。

旅行也是刷新自己的一貼清涼劑。我曾做過一個設計：四川有三峽的幽峭，有棧道的蜿蜒，有峨嵋的雄偉，我是最嚮慕的！廣東我也想去得長久了。乘了香港的上山電車，可以「上天」；❶而廣州的市政，長隄珠江的繁華，也使我心癢癢的！由此而北，蒙古的風沙，的牛羊，的天幕，又在招邀着我！至於紅牆黃土的北平，六朝煙水氣的南京，先施公司的上海，我總算領略過了。這樣遊了中國以後，便跨出國門：到日本看她的櫻花，看她的富士；到俄國看列寧的墓，看第三國際的開會；到德國訪康德的故居，聽月光曲的演奏；到美國瞻仰巍巍的自由神和世界第一的大望遠鏡。再到南美洲去看看那莽莽的大平原，到南非洲去看看那茫茫的大沙漠，到南洋羣島去看看那鬱鬱的大森林——於是浩然歸國；若有機緣，再到北極去探一回險，看看冰天雪海，到底如何，那更妙了！梁紹文說得有理：

我們不贊成別人整世的關在一個地方而不出來和世界別一部分相接觸，倘若如此，簡直將數萬里的地球縮小到數英哩，關在那數英哩的圈子內就算過了一生，這未免太不値得！所以我們主張：能够遍遊全世界，將世界上的事事物物都放在腦筋裏的織爐中煅煉一過，然後纔能成爲一種正確的經驗，纔算有世界的眼光。（南洋旅行漫記上册二五三頁。）

但在一錢不名的窮措大如我輩者，這種設計恐終於只是「過屠門而大嚼」而已；又怎樣辦呢？我說正可學胡梁二先生開國學書目的辦法，不妨隨時酌量核減；只看能力如何。便是眞個不名一錢，也非全無法想。聽說日本的誰，因無錢旅行，便在室中繞着圈兒，口裏只是叫着某站到啦，某埠到啦；這樣也便過了癮。這正和孩子們攙瞎子一樣：一個蒙了眼做瞎子，一個在前面用竹棒引着他，在室中繞行；這引路的儘喊着到某處啦，到某處啦的口號，彼此便都滿足。正是，精神一到，何事不成！這種人卻決非磨坊裏的驢子；他們的足雖不出戶，他們的心儘會日行千里的！

❶ 劉半農登香港太平山詩中述他的「稚兒」的話：「今日阿爹攜我上天。」見新青年八卷二號。

說到心的旅行，我想到文心雕龍神思篇說的：

古人云「形在江海之上，心存魏闕之下」❶神思之謂也。……故寂然凝慮，思接千載；悄然動容，視通萬里。……

羅素論「哲學的價值，」也說：

保存宇宙內的思辯（玄想）之興趣，……總是哲學事業的一部。

或者它的最要之價值，就是它所潛思的對象之偉大，結果便解脫了偏狹的和個人的目的。

哲學的生活是幽靜的，自由的。

本能利益的私世界是一個小的世界，擱在一個大而有力的世界中間，遲早必把我們私的世界磨成粉碎。

我們若不擴大自己的利益，彙涵那外面的整個世界，就好像一個兵卒困在礮臺裏邊，知道敵人不準逃跑，投降是不可避免的一樣。

哲學的潛思就是逃脫的一種法門。（摘鈔黃凌霜譯哲學問題第十五章。）

所謂神思，所謂玄想之興味，所謂潛思，我以爲只是三位一體，只是大規模的心的旅行。心的旅行決不以現有的地球爲限！到火星去的不是很多麼？到太陽去的不也有麼？到太陽系外，和我們隔着三十萬光年❷的星上去的不也有麼？這三十萬光年，是美國南加州威爾遜山絕頂上口徑百吋之最大反射望遠鏡所能觀測的，世界之最遠距離。「換言之，現在吾人一目之下所望見之世界，不僅現在之世界而已，三十餘萬年之大過去以來，所有年代均同時見之。歷史家嘗謂吾人由書籍而知過去，直忘卻吾人能直接而見過去耳。」

❷吾人固然能直接而見過去，由書籍而見過去，還能由岩石地層等而見過去，由骨殖化石等而見過去。目下我們所能見的過去，眞是悠久，眞是偉大！將現在和它相比，眞是大海裏一根針而已！姑舉一例：德國的誰假定地球的歷史爲二十四點鐘，而人類有歷史的時期僅爲十分鐘；人類有歷史已五千年了，一千年只等於二分鐘而已！一百年只等於十二秒鐘而已！十年只等於一又十分之二秒而已！這還是就區區的地球而論呢。若和全宇宙的歷史（人能知道麼？）相較量，那簡直是不配！又怎樣辦呢？但毫不要緊！心儘可以旅行到未曾凝結的星雲裏，到大爬蟲的中生代，到類人猿的腦筋裏；心究竟是有些兒自由的。不過旅行要有嚮導；我覺最近物理學概觀，科學大綱，古生物學，人的研究等書都很能勝任的。

❶ 見莊子。

❷ 最近物理學概觀四四——五頁。

心的旅行又不以表面的物質世界爲限！它用實實在在的一支鋼筆在實實在在的白瑞典紙簿上一張張寫着日記；它馬上就能看出鋼筆與白紙只是若干若干的微點，叫做電子的——各電子間有許多的空隙，比各電子的總積還大。這正像一張「有結而無線的網」❶只是這麼空空的；其實說不上什麼「一支」與「一張張」的！這麼看時，心便旅行到物質的內院，電子的世界了。而老的物質世界只有三根台柱子（三次元），現在新的卻添上了一根（四次元）；心也要去逛逛的。心的旅行並且不以物質世界爲限！精神世界是它的老家，不用說是常常光顧的。意識的河流裏，它是常常駛着一隻小船的。但這個年頭兒世界是越過越多了。用了坐標軸作地基，豎起方程式的柱子，架上方程式的梁，蓋上幾何形體的瓦，圍上幾何形體的牆，這是數學的世界。將各種「性質的共相」（如「白」「頭」等概念）分門別類地陳列在一個極大的彎彎曲曲層層疊疊的場上；在它們之間，再點綴着各種「關係的共相」（如「大」「類似」「等於」等概念）這是論理的世界。將善人善事的模型和惡人惡事的分門別類陳列着的。是道德的世界。但所謂「模型」，卻和城隍廟所塑「二十四孝」的像與十王殿的像絕不相同。模型又稱規範，如「正義」，「仁愛」，「奸邪」等是——只是善惡的度量衡；道德世界裏全擺着大大小小的這種度量衡。還是藝術的世界，東邊是音樂的旋律，西邊是跳舞的曲線，南邊是繪畫的形色，北邊是詩歌的情韻❷——心若是好奇的，它必像唐三藏經過三十六國❸一樣，一一經過這些國土的。

❶ 見羅素 A. B. C. of Atoms P. 1.

❷ 大旨見 Marvin: History of European Philosophy 論 New Realism 節中；論共相處，據哲學問題譯本第九章「共相的世界。」

❸ 據大唐三藏取經詩話。

更進一步說，心的旅行也不以存在的世界爲限，上帝的樂園，它是要去的；閻羅的十殿，它也是要去的。愛神的弓箭，它是要看看的，孫行者的金箍棒，它也要看看的。總之，神話的世界，它要穿上夢的鞋去走一趟。它從神話的世界回來時，便道又可遊玩童話的世界。在那裏有蒼蠅目中的天地，有永遠不去的春天；在那裏鳥能唱歌，水也能唱歌，風也能唱歌；在那裏有着靴的貓，有在背心裏掏出錶來的兔子；在那裏有水晶的宮殿，帶着小白翼子的天使。童話的世界的那邊，還有許多鄰國，叫做烏託邦，它也可迂道一往觀的。姑舉一二給你看看。你知道吳稚暉先生是崇拜物質文明的；他的烏託邦自然也是物質文明的。他說，將來大同世界實現時，街上都該鋪大紅緞子。他在春暉中學校講演時，曾指着「電燈開關」說：

科學發達了，我們講完的時候，嗶啼叭噠幾聲，要到房裏去的就到了房裏，要到寧波的就到了寧波，要到杭州的就到了杭州；這也算不來什麼奇事。（見春暉二十九期。）

呀！呼啼叭嗟幾聲，心已到了鋪着大紅緞子的街上了！——若容我借了法朗士的話來說，這些正是「靈魂的冒險」呀。

上面說的都是「大頭天話」，現在要說些小頑意兒新新耳目，所謂能放能收也。我曾說書籍可作心的旅行的嚮導，現在就談讀書罷。周作人先生說他目下只想無事時喝點茶，讀點新書。喝茶我是無可無不可，讀新書卻很高興！讀新書有如幼時看西洋景，一頁一頁都有活鮮鮮的意思；又如到一個新地方，見一個新朋友。讀新出版的雜誌也正是如此，或者更鬧熱些。讀新書如喫時鮮鯽魚，讀新雜誌如到惠羅公司去看新到的貨色。我還喜歡讀冷僻的書。冷僻的書因爲冷僻的緣故，在我覺着和新書一樣；彷彿旁人都不熟悉，只我有此眼福，便高興了。我之所以喜歡搜閱各種筆記，就是這個緣故。尺牘，日記等也是我所愛讀的；因爲原是隨隨便便，老老實實地寫來，不露咬牙切齒的樣子，便更加親切，不知不覺將人招了入內。同樣的理由，我愛讀野史和逸事；在它們裏，我見着活潑潑的眞實的人。——它們所記雖祇一言一動之微，卻包蘊着全個的性格；最要緊的，包蘊着與衆不同的趣味。舊有的世說新語，新出的歐美逸話，都曾給我滿足。我又愛讀遊記；這也是窮措大替代旅行之一法，從前的雅人叫做「臥遊」的便是。從遊記裏，至少可以「知道」些異域的風土人情；好一些，還可以培養些異域的情調。前年在溫州師範學校圖書館中，翻看小方壺齋輿地叢鈔的目錄，裏面全（？）是遊記，雖然已是過時貨，卻頗引起我的嚮往之誠。「這許多好東西喲！」儘這般地想着；但終於沒有勇氣去借來細看，真是很可恨的！後來徐霞客遊記石印出版，我的朋友買了一部，我又欲讀不能！近頃南洋旅行漫記和山野掇拾出來了，我便趕緊買得，復仇似地讀完，這纔舒服了。我因爲好奇，看報看雜誌也有特別的脾氣。看報我總是先看封面廣告的。一面是要找些新書，一面是要找些新聞廣告裏的新聞，雖然是不正式的，或者算不得新聞也未可知，但都是第一身第二身的，有時比第三身的正文還值得注意呢。譬如那回中華製糖公司董事的互訐，我看得真是熱鬧煞了！又如「印送安士全書」的廣告，「讀報至此請念三聲阿彌陀佛」的廣告，眞是「好聰明的糊塗法子！」看雜誌我是先查補白，好尋着些輕鬆而雋永的東西，或名人的趣語，或當世的珍聞，零金碎玉，更見異彩！——請看「二千年前玉門關外一封情書」，「時新旦角戲」等標題，❶便知分曉。

❶都是我們的六月中補白的標題。

我不是曾恭維看報麼？假如要參加種種趣味的聚會，那也非看報不可。譬如前一兩星期，報上登着世界短跑家要在上海試跑；我若在上海，一定要去看看跑是如何短法？又如本月十六日上海北四川路有洋狗展覽會，說有四百頭之多；想到那高低不齊的個兒，❶鬆密互映，純駁爭輝的毛片，或嚶嚶或嗚嗚或汪汪的吠聲，我也極願意去的。又我記得在上海七日刊（？）上見過一幅法國兒童同樂會的攝影，攝影中濟濟一堂的滿是兒童——這其間自然還有些抱着的母親，領着的父親，但不過二三人，容我用了四捨五入法，將他們略去吧。那前面的幾個豐腴圓潤的龐兒覆額的短髮精赤的小腿，我現在還記着呢。最可笑的，高高的房子，塞滿了這些兒童，還空着大半截大半截；若塞滿了我們，空氣一定是沒有那麼舒服的，便宜了空氣了！這種聚會不用說是極使我高興的，只是我便在上海，也未必能去；說來可恨恨！這裏卻要引起我別的感慨，我不說了。此外如音樂會繪畫展覽會，我都樂於赴會的。四年前秋天的一個晚上，我曾到上海市政廳去聽「中西音樂大會」；那幾支廣東小調唱得眞入神，靡靡是靡靡到了極點，令人歡喜讚嘆！而歌者隱身幕內，不露一絲色相，尤動人無窮之思！繪畫展覽會，我在北京上海也曾看過幾回。但都像走馬看花似的，不能自知冷暖——我眞是太外行了，只好慢慢來吧。我卻最愛看跳舞。五六年前的正月初三的夜裏，我看了一個意大利女子的跳舞：黃昏的電燈光映着她裸露的微紅的兩臂，和游泳衣似的粉紅的舞裝；那腰眞軟得可憐，和麥粉搓成的一般。她兩手擎着小小的鈸，鈸兒裏拖着深紅布的提頭；她舞時兩臂不住地向各方扇動，兩足不住地來往跳躍，鈸聲便不住地清脆地響着——她舞得如飛一樣，全身的曲線眞是瞬息萬變，轉轉不窮，如閃電吐舌，如星星眨眼，使人眩目心搖，不能自主。我看過了，恍然若失！從此我便喜歡跳舞。前年暑假時，我到上海，剛碰着卡爾登影戲院開演跳舞片的末一晚，我沒有能去一看。次日寫信去「特煩」，卻如泥牛入海，至今引爲憾事！我在北京讀書時，又頗愛聽舊戲；因爲究竟是「外江」人，更愛聽旦角戲，尤愛聽尙小雲的戲，——但你別疑猜，我卻不會用這支筆去捧過誰。我並不懂戲詞，甚至連情節也不甚仔細，只愛那宛轉淒涼的音調和楚楚可憐的情韻。我在理論上也左袒新戲，但那時的北京實在沒有可稱爲新戲的新戲給我看；我的心也就漸漸冷了。南歸以後，新戲固然和北京是「一邱之貉」，舊戲也就每況愈下，毫無足觀。我也看過一回機關戲，但只足以廣見聞，無深長的趣味可言。直到去年，上海戲劇協社演「少奶奶的扇子」，朋友們都說頗有些意思——在所曾寓目的新戲中，這是得未曾有的。又實驗劇社演「葡萄仙子」，也極負時譽；黎明暉女士所唱

「可憐的秋香」一句，眞是膾炙人口——便是不曾看過這戲的我，聽人說了此句，也會有「一種薄醉似的感覺超乎平常所謂舒適以上。」❷——「少奶奶的扇子，」我也還無一面之緣——眞非到上海去開先施公司不可！上海的朋友們又常向我稱述影戲；但我之於影戲還是「猪八戒喫人參果」❸呢！也只好慢慢來吧。說起先施公司，我總想起惠羅公司。我常在報紙的後幅看見他家的廣告，滿幅畫着新貨色的圖樣，眞是日本書店裏所謂「誘惑狀」❹了。我想若常去看看新貨色，也是一樂。最好能讓我自由的鑒賞地看一回；心愛的也不一定買來，只須多多地重重地看上幾眼，便可權當佔有了——朋友有新東西的時候，我常常把玩不肯釋手，便是這個主意。

❶ 身材也。

❷ 見葉聖陶淚的徘徊中。

❸ 食而不知其味也。

❹ 卽新到書籍廣告。

若目下不能到上海去開先施公司，或到上海而無本錢去開先施公司，則還有個經濟的辦法，我現在正用着呢。不過這種辦法，便是開先施公司，也可同時採用的；因爲我們原希望「多多益善」呀。現在我所在的地方是沒有繪畫展覽會；但我和人家借了左一册右一册的攝影集畫片集❶也可使我的眼睛飽餐一頓。我看見「羣羊」❷在那淡遠的曠原中，披着乳一樣白，絲一樣軟的羽衣的小東西，眞和浮在淺淺的夢裏的仙女一般。我看見「夕雲」，❸地上是疏疏的樹木，偃蹇欹側作勢，彷彿和天上的亂雲負固似的；那雲是層層疊疊的，錯錯落落的，斑斑駁駁的，使我覺得天是這樣厚，這樣厚的！我看見「五月雨」，❸是那般濛濛密密的一片，三個模糊的日本女子，正各張着有一道白圈兒的紙傘，在台階上走着，走上一個什麽壇去呢；那邊還有兩個人，卻祇賸了影兒！我看見「現在與未來」；❹這是一個人坐着，左手託着一個骷髏，兩眼凝視着，右手正支頤默想着。這還是攝影呢，畫片更是美不勝收了！彌愛的「晚禱」是世界的名作，不用說了。意大利Gino的名畫「跳舞」❺滿是躍着的腿兒，牽着的臂兒，並着的臉兒；紅的，黃的，白的，藍的，黑的，一片片地飛舞着——那邊還攢動着無數的頭呢。是夜的繁華喲！是肉的薰蒸喲！還有日本中澤弘光的「夕潮」：❻紅紅的落照輕輕地塗在玲瓏的水閣上，閣之前淺藍的潮裏，佇立着白衣編髮的少女，伴着兩隻夭矯的白鶴；她們因水光的映射，這時都微微地藍了；她只扭轉頭凝視那斜陽的顏色。又椎塚猪知雄的「花」，❼三個樣式不同，花色互異的精巧的瓶子，分插着紅白各色的，大的小的鮮花，都豐豐滿滿的。另有一個細長的和一個荸薺樣的瓶子，放在三個大瓶之前和之間；一高一矮，甚是別致，也都插着鮮花，只一瓶是小朵的，一瓶是大朵的。我說的已多了——還有圖案畫，有時帶着野蠻人和兒童的風味，也是我所愛的。書籍中的插畫，偶然也有很好的；如什麼書裏有一幅畫顯示惠士敏斯特大寺的裏面，那是很偉大的——正如我在靈隱寺的高深的大殿裏一般。而房龍人類的故事中的插畫，尤其別有心思，馬上可以引人到他所畫的天地中去。

❶ 攝影集，畫片集中的作品，都是複製的。

❷ 見大風集。

❸ 「夕雲」與「五月雨」均見日本寫眞雜誌 Camera 第一卷一九二一。

❹ 見日本寫眞界六卷六號。

❺ 見東方十九卷三號。

❻ 平和紀念東京博覽會美術館出品。

❼ 日本第八回二科展覽會出品。

我所在的地方，也沒有音樂會。幸而有留聲機，機片裏中外歌曲乃至國語唱歌都有；我的雙耳尙不至大寂寞的。我或向人借來自開自聽，或到別人寓處去聽，這也是「揩油」之一道了。大約借留聲機，借畫片，借書，總還算是雅事，不致像借錢一樣要看人家臉孔的；（雖然也不免有例外）所以有時竟可大大方方地揩油。自然，自己的油有時也當大大方方地被別人揹的。關於留聲機，北平有零賣一法。一個人背了話匣子（卽留聲機）和唱片，沿街叫賣；若要買的，就喊他進屋裏，讓他開唱幾片，照定價給他銅子——唱完了，他仍舊將那話匣子等用藍布包起，背了出門去。我們做學生時，每當冬夜無聊，常常破費幾個銅子，買他幾曲聽聽；雖然沒有佳片，卻也算消寒之一法。聽說南方也有做這項生意的人。——我所在的地方，寧波是其一。寧波S中學現有無線電話收音機，我很想去聽聽大陸報館的音樂。這比留聲機又好了！不但聲音更是親切，且花樣日日翻新；二者相差，何可以道里計呢！除此以外，朋友們的簫聲與笛韻，也是很可過癮的；但這看似易得而實難，因爲好手甚少。我從前有一位朋友，吹簫極悲酸幽抑之致，我最不能忘懷！現在他從外國回來，我們久不見面，也未寫信，不知他還能來一點兒否？

內地雖沒有惠羅公司，卻總有古董店，儘可以對付一氣。我們看看古磁的細潤秀美，古泉幣的陸離斑駁，古玉的豐腴有澤，古印的肅肅有儀，胸襟也可豁然開朗。況內地更有好處，爲五方雜處，衆目具瞻的上海等處所不及的；如花木的趣味，盆栽的趣味便是。上海的匆忙使一般人想不到白鴿籠外還有天地；花是怎樣美麗，樹是怎樣靑靑，他們似乎早已忘懷了！這是我的朋友郢君所常常不平的。「暮春三月，江南草長，雜花生樹，羣鶯亂飛」——這在上海人怕只是一場春夢吧！像我所在的鄉間：芊芊的碧草踏在脚上軟軟的，正像喫櫻花糖；花是只管開着，來了又去，來了又去——楊貴妃一般的木筆，紅着臉的桃花，白着臉的繡毬……好一個「香遍滿，色遍滿的花兒的都」❶呀！上海是不容易有的！我所以雖向慕上海式的繁華，但也不捨我所在的白馬湖的幽靜。我愛白馬湖的花木，我愛S家的盆栽——這其間有詩有畫，我且說給你。一盆是小小的竹子，栽在方的小白石盆裏；細細的幹子疏疏地隔着疏疏的葉子，淡淡地撇着，更點綴上兩三塊小石頭；頗有靜遠之意。上燈時，影子寫在壁上，尤其清雋可親。另一盆是棕竹，瘦削的幹子亭亭地立着；下部是綠綠的，上部頗勁健地坼着幾片長長的葉子，葉根有細極細極的棕絲網着。這像一個丰神俊朗而蓄着微鬚的少年。這種淡白的趣味，也自是天地間不可少的。

❶ 俞平伯詩。

天地間還有一種不可少的趣味，也是簡便易得到的，這是「談天。」——普通話叫做「閒談；」但我以「談天」二字更能說出那「閒曠」的味兒！傅孟眞先生在心氣薄弱之中國人一評裏引顧寧人的話：

南方之學者，「羣居終日言不及義，」北方之學者，「飽食終日，無所用心。」

他說「到了現在已經二百多年了，這評語仍然是活潑潑的。」❶「談天」大概也只能算「不及義」的言；縱有「及義」的時候，也只是偶然碰到，並非立意如此。若立意要「及義，」那便不是「談天」而是「講茶」❷了。「講茶」也有「講茶」的意思，但非我所要說。「終日言不及義，」誠哉是無益之事；而且豈不疲倦？「舌敝脣焦，」也未免「窮斯濫矣！」不過偶爾「茶餘酒後」「月白風清，」約兩個密友，吸着煙捲兒嘗着時新果子，促膝談心，隨興趣之所至。時而上天，時而入地，時而論書，時而評畫；時而縱談時局，品鑑人倫，時而剖析玄理，密訴衷曲……等到興盡意闌，便各自回去睡覺；明早一覺醒來，再各奔前程，修持「勝業」想也不致躭誤的。或當公私交集，身心俱倦之後，約幾個相知到公園裏散散步，不願散步時，便到綠蔭下長椅上坐着；這時作無定向的談話，也是極有意味的。至於「『辟克匿克』來江邊，」那更非「談天」不可！我想這種「談天，」無論如何，總不能算是大過吧。人家說清談亡了晉朝，我覺得這未免是栽贓的辦法。請問晉人的清談，誰爲爲之？孰令致之？——這且不說，我單覺得清談也正是一種「生活之藝術」只要有節制。有的如針尖的微觸，有的如翦刀的一斷；恰像吹皺一池春水，你的心便會這般這般了。「談天」本不想求其有用，但有時也有大用；英哲洛克(Locke)的名著人間悟性論中述他著書之由——說有一日，與朋友們談天，端緒愈引而愈遠，不知所從來，也不知所屆；他忽然驚異：人知的界限在何處呢？這便是他的大作最初的啓示了。——這是我的一位先生親口告訴我的。

❶ 見新潮一卷二號。

❷ 在茶店中評理也。

我說海說天上下古今談了一番，自然仍不會跳出我佛世尊——自己——的掌心，現在我還是卷旗息鼓，「回到自己的靈魂」❶吧。自己有今日的自己，有昨日的自己，有北京時的自己，有南京時的自己，有在父母懷抱中的自己……乃至一分鐘有一個自己，一秒鐘有一個自己。每一個自己無論大的，小的，都各提挈着一個世界，正如旅客帶着一隻手提箱一樣。各個世界，各個自己之不相同，正如旅客手提箱裏所裝的東西之不同一樣。各個自己與它所提挈的世界是一個大大的聯環，決不能拆開的。譬如去年十月，我正僕僕於輪船火車之中。我現在回想那時的我，第一不能忘記的是江浙戰爭；第二便是國慶。因戰爭而寫來的父親的岳父的信，一頁頁在眼前翻過；因戰爭而搬家的人，一陣陣在面前走過；眼看學校一日日挨下去，直到關門爲止。念頭忽然轉彎：林紓死了，法朗士死了；國際聯盟第五屆大會也閉幕了！……正如水的漪漣一樣，一圈一圈地儘管暈開去，可以至於非常之多。只區區一個月的我，所提挈的已這樣多，則積了三百幾十個月的我，所提挈的當有無窮！要算起帳來，倒是「大筆頭」❷呢！若有那樣細心，再把月化爲日，日化爲時，時化爲分秒，我的世界當更不了不了！這其間有喫的，有睡的，有玩的，有笑的，有哭的，有糊塗的，有聰明的，……若能將它們陳列起來，必大有意思；若能影戲片似地將它們搖過去，那更有意思了！人總有念舊之情的。我的一個朋友回到母校作教師的時候，偶然在故紙堆中翻到他十四歲時投考該校的一張相片，便愛它如兒子。我們對於過去的自己，大都像嚼橄欖一樣，總有些兒甜的。我們依着時光老人的導引，一步步去溫尋已失的自己；這走的便是「憶之路」。在「憶之路」上，愈走得遠，愈是有味；因苦味漸已蒸散而甜味卻還留着的緣故。最遠的地方是「兒時」，在那裏祇有一味極淡極淡的甜；所以許多人都惦記着那裏。這「憶之路」是頗長的，也是世界上一條大路。要成爲一個自由的「世界民，」這條路不可不走走的。

❶ 也是法朗士的話。

❷ 此是寧波方言本係記帳術語，「多」也；引申作「甚」之意。這裏用作雙關語。

* * *

我的把戲變完了——咳！多麼貧呢！我總之羨慕齊天大聖；他雖也跳不出佛爺的掌心，但到底能翻十萬八千里的觔斗，又有七十二變化的！

十四年五月九日。

揚州的夏日

揚州從隋煬帝以來，是詩人文士所稱道的地方；稱道的多了，稱道得久了，一般人便也隨聲附和起來。直到現在，你若向人提起揚州這個名字，他會點頭或搖頭說：「好地方！好地方！」特別是沒去過揚州而念過些唐詩的人，在他心裏，揚州眞像蜃樓海市一般美麗；他若念過揚州畫舫錄一類書，那更了不得了。但在一個久住揚州像我的人，他卻沒有那麼多美麗的幻想，他的憎惡也許掩住了他的愛好；他也許離開了三四年並不去想它。若是想呢，——你說他想甚麼？女人；不錯，這似乎也有名，但怕不是現在的女人罷？——他也只會想着揚州的夏日，雖然與女人仍然不無關係的。

北方和南方一個大不同，在我看，就是北方無水而南方有。誠然，北方今年大雨，永定河大清河甚至決了隄防，但這並不能算是有水；北平的三海和頤和園雖然有點兒水，但太平衍了，一覽而盡，船又那麽笨頭笨腦的。有水的仍然是南方。揚州的夏日，好處大半便在水上——有人稱爲「瘦西湖」，這個名字眞是太「瘦」了，假西湖之名以行，「雅得這樣俗」，老實說，我是不喜歡的。下船的地方便是護城河，曼衍開去，曲曲折折，直到平山堂，——這是你們熟悉的名字——有七八里河道，還有許多杈杈椏椏的支流。這條河其實也沒有頂大的好處，只是曲折而有些幽靜，和別處不同。

沿河最著名的風景是小金山，法海寺，五亭橋；最遠的便是平山堂了。金山你們是知道的，小金山卻在水中央。在那裏望水最好，看月自然也不錯——可是我還不曾有過那樣福氣。「下河」的人十之九是到這兒的，人不免太多些。法海寺有一個塔，和北海的一樣，據說是乾隆皇帝下江南，鹽商們連夜督促匠人造成的。法海寺著名的自然是這個塔；但還有一樁，你們猜不着，是紅燒豬頭。夏天喫紅燒豬頭，在理論上也許不甚相宜；可是在實際上揮汗喫着，倒也不壞的。五亭橋如名字所示，是五個亭子的橋。橋是拱形，中一亭最高，兩邊四亭，參差相稱；最宜遠看，或看影子，也好。橋洞頗多，乘小船穿來穿去，另有風味。平山堂在蜀岡上。登堂可見江南諸山淡淡的輪廓；「山色有無中」一句話，我看是恰到好處，並不算錯。這裏遊人較少，閒坐在堂上，可以永日。沿路光景，也以閒寂勝。從天寧門或北門下船。蜿蜒的城牆，在水裏倒映着蒼黝的影子，小船悠然地撐過去，岸上的喧擾像沒有似的。

船有三種：大船專供宴遊之用，可以挾妓或打牌。小時候常跟了父親去，在船裏聽着謀得利洋行的唱片。現在這樣乘船的大概少了罷？其次是「小划子」，眞像一瓣西瓜，由一個男人或女人用竹篙撐着。乘的人多了，便可雇兩隻，前後用小凳子跨着：這也可算得「方舟」了。後來又有一種「洋划」，比大船小，比「小划子」大，上支布篷，可以遮日遮雨。「洋划」漸漸地多，大船漸漸地少，然而「小划子」總是有人要的。這不獨因爲價錢最賤，也因爲它的伶俐。一個人坐在船中，讓一個人站在船尾上用竹篙一下一下地撑着，簡直是一首唐詩，或一幅山水畫。而有些好事的少年，願意自己撑船，也非「小划子」不行。「小划子」雖然便宜，卻也有些分別。譬如說，你們也可想到的，女人撑船總要貴些；姑娘撑的自然更要貴囉。這些撑船的女子，便是有人說過的「瘦西湖上的船孃」。船孃們的故事大概不少，但我不很知道。據說以亂頭粗服，風趣天然爲勝；中年而有風趣，也仍然算好。可是起初原是逢場作戲，或尙不傷廉惠；以後居然有了價格，便覺意味索然了。

北門外一帶，叫做下街，「茶館」最多，往往一面臨河。船行過時，茶客與乘客可以隨便招呼說話。船上人若高興時，也可以向茶館中要一壺茶，或一兩種「小籠點心」，在河中喝着，喫着，談着。回來時再將茶壺和所謂小籠，連價款一並交給茶館中人。撑船的都與茶館相熟，他們不怕你白喫。揚州的小籠點心實在不錯：我離開揚州，也走過七八處大大小小的地方，還沒有喫過那樣好的點心；這其實是値得惦記的。茶館的地方大致總好，名字也頗有好的。如香影廊，綠楊村，紅葉山莊，都是到現在還記得的。綠楊村的幌子，掛在綠楊樹上，隨風飄展，使人想起「綠楊城郭是揚州」的名句。裏面還有小池，叢竹，茅亭，景物最幽。這一帶的茶館布置都歷落有致，逈非上海北平方方正正的茶樓可比。

「下河」總是下午。傍晚回來，在暮靄朦朧中上了岸，將大褂摺好搭在腕上，一手微微搖着扇子；這樣進了北門或天寧門走回家中。這時候可以念「又得浮生半日閑」那一句詩了。

看花

生長在大江北岸一個城市裏，那兒的園林本是著名的，但近來卻很少；似乎自幼就不曾聽見過「我們今天看花去」一類話，可見花事是不盛的。有些愛花的人，大都只是將花栽在盆裏，一盆盆擱在架上；架子橫放在院子裏。院子照例是小小的，只够放下一個架子；架上至多擱二十多盆花罷了。有時院子裏依牆築起一座「花臺」，臺上種一株開花的樹；也有在院子裏地上種的。但這只是普通的點綴，不算是愛花。

家裏人似乎都不甚愛花；父親只在領我們上街時，偶然和我們到「花房」裏去過一兩回。但我們住過一所房子，有一座小花園，是房東家的。那裏有樹，有花架，（大約是紫藤花架之類）但我當時還小，不知道那些花木的名字；只記得爬在牆上的是薔薇而已。

園中還有一座太湖石堆成的洞門；現在想來，似乎也還好的。在那時由一個頑皮的少年僕人領了我去，卻只知道跑來跑去捉蝴蝶；有時掐下幾朶花，也只是隨意挼弄着，隨意丟棄了。至於領略花的趣味，那是以後的事：夏天的早晨，我們那地方有鄉下的姑娘在各處街巷，沿門叫着，「賣梔子花來。」梔子花不是什麼高品，但我喜歡那白而暈黃的顏色和那肥肥的個兒，正和那些賣花的姑娘有着相似的韻味。梔子花的香，濃而不烈，淸而不淡，也是我樂意的。我這樣便愛起花來了。也許有人會問，「你愛的不是花罷？」這個我自己其實也已不大弄得淸楚，只好存而不論了。

在高小的一個春天，有人提議到城外F寺裏喫桃子去，而且預備白喫；不讓喫，就鬧一場，甚至打一架也不在乎。那時雖遠在五四運動以前，但我們那裏的中學生卻常有打進戲園看白戲的事。中學生能白看戲，小學生爲什麼不能白喫桃子呢？我們都這樣想，便由那提議人鳩合了十幾個同學，浩浩蕩蕩地向城外而去。到了F寺，氣勢不凡地呵叱着道人們，（我們稱寺裏的工人爲道人）立刻領我們向桃園裏去。道人們躊躇着說：「現在桃樹剛才開花呢。」但是誰信道人們的話？我們終於到了桃園裏。大家都喪了氣，原來花是眞開着呢！這時提議人P君便去折花。道人們是一直步步跟着的，立刻上前勸阻，而且用起手來。但P君是我們中最不好惹的；「說時遲，那時快，」一眨眼，花在他的手裏，道人已踉蹌在一旁了。那一園子的桃花，想來總該有些可看；我們卻誰也沒有想着去看。只嚷着，「沒有桃子，得砌茶喝！」道人們滿肚子委曲地引我們到「方丈」裏，大家各喝一大杯茶。這纔平了氣，談談笑笑地進城去。大概我那時還只懂得愛一朵朵的梔子花，對於開在樹上的桃花，是並不了然的；所以眼前的機會，便從眼前錯過了。

以後漸漸念了些看花的詩，覺得看花頗有些意思。但到北平讀了幾年書，卻只到過崇效寺一次；而去得又嫌早些，那有名的一株綠牡丹還未開呢。北平看花的事很盛，看花的地方也很多；但那時熱鬧的似乎也只有一班詩人名士，其餘還是不相干的。那正是新文學運動的起頭，我們這些少年，對於舊詩和那一班詩人名士，實在有些不敬；而看花的地方又都遠不可言，我是一個懶人，便乾脆地斷了那條心了。後來到杭州做事，遇見了Y君，他是新詩人兼舊詩人，看花的興致很好。我和他常到孤山去看梅花。孤山的梅花是古今有名的，但太少；又沒有臨水的，人也太多。有一回坐在放鶴亭上喝茶，來了一個方面有鬚，穿着花緞馬褂的人，用湖南口音和人打招呼道，「梅花盛開嗒！」「盛」字說得特別重，使我喫了一驚；但我喫驚的也只是說在他嘴裏「盛」這個聲音罷了，花的盛不盛，在我倒並沒有什麽的。

有一回，Y來說，靈峯寺有三百株梅花；寺在山裏，去的人也少。我和Y，還有N君，從西湖邊雇船到岳墳，從岳墳入山。曲曲折折走了好一會，又上了許多石級，纔到山上寺裏。寺甚小，梅花便在大殿西邊園中。園也不大，東牆下有三間淨室，最宜喝茶看花；北邊有座小山，山上有亭，大約叫「望海亭」罷，望海是未必，但錢塘江與西湖是看得見的。梅樹確是不少，密密地低低地整列着。那時已是黃昏，寺裏只我們三個遊人；梅花並沒有開，但那珍珠似的繁星似的骨都兒，已經够可愛了；我們都覺得比孤山上盛開時有味。大殿上正做晚課，送來梵唄的聲音，和着梅林中的暗香，眞叫我們捨不得回去。在園裏徘徊了一會，又在屋裏坐了一會，天是黑定了，又沒有月色，我們向廟裏要了一個舊燈籠，照着下山。路上幾乎迷了道，又兩次三番地狗咬；我們的Y詩人確有些窘了，但終於到了岳墳。船夫遠遠迎上來道：「你們來了，我想你們不會寃我呢！」在船上，我們還不離口地說着靈峯的梅花，直到湖邊電燈光照到我們的眼。

Y回北平去了，我也到了白馬湖。那邊是鄉下，只有沿湖與楊柳相間着種了一行小桃樹，春天花發時，在風裏嬌媚地笑着。還有山裏的杜鵑花也不少。這些日日在我們眼前，從沒有人像煞有介事地提議，「我們看花去。」但有一位S君，卻特別愛養花；他家裏幾乎是終年不離花的。我們上他家去，總看他在那裏不是拿着翦刀修理枝葉，便是提着壺灣水。我們常樂意看着他院子裏一株紫薇花很好，我們在花旁喝酒，不知多少次。白馬湖住了不過一年，我卻傳染了他那花的嗜好。但重到北平時，住在花事很盛的清華園裏，接連過了三個春卻從未想到去看一回。祇在第二年秋天，曾經和孫三先生在園裏看過幾次菊花。「清華園之菊」是著名的，孫三先生還特地寫了一篇文，畫了好些畫。但那種一盆一幹一花的養法，花是好了，總覺沒有天然的風趣。直到去年春天，有了些餘閒，在花開前，先向人問了些花的名字。一個好朋友是從知道姓名起的，我想看花也正是如此。恰好Y君也常來園中，我們一天三四趟地到那些花下去徘徊。今年Y君忙些，我便一個人去。我愛繁花老幹的杏，臨風婀娜的小紅桃，貼梗纍纍如珠的紫荊；但最戀戀的是西府海棠。海棠的花繁得好，也淡得好；豔極了，卻沒有一絲蕩意。疏疏的高幹子，英氣隱隱逼人。可惜沒有趁着月色看過；王鵬運有兩句詞道：「只愁淡月朦朧影，難驗微波上下潮，」我想月下的海棠花，大約便是這種光景罷。爲了海棠，前兩天在城裏特地冒了大風到中山公園去看花的人倒也不少；但不知怎的，卻忘了畿輔先哲祠。Y告我那裏的一株，遮住了大半個院子；別處的都向上長，這一株卻是橫裏伸張的。花的繁沒有法說；海棠本無香，昔人常以爲恨，這裏花太繁了，卻醞釀出一種淡淡的香氣，使人久聞不倦。Y告我，正是刮了一日還不息的狂風的晚上；他是前一天去的。他說他去時地上已有落花了，這一日一夜的風，準完了。他說北平看花，是要趕着看的：春光太短了，又晴的日子多；今年算是有陰的日子了，但狂風還是逃不了的。我說北平看花，比別處有意思，也正在此。這時候，我似乎不甚菲薄那一班詩人名士了。

十九年四月。

我所見的葉聖陶（名紹鈞）

我第一次與聖陶見面是在民國十年的秋天。那時劉延陵兄介紹我到吳淞礮臺灣中國公學教書。到了那邊，他就和我說：「葉聖陶也在這兒。」我們都念過聖陶的小說，所以他這樣告我。我好奇地問道：「怎樣一個人？」出乎我的意外，他回答我：「一位老先生哩。」但是延陵和我去訪問聖陶的時候，我覺得他的年紀並不老，只那樸實的服色和沈默的風度與我們平日所想像的蘇州少年文人葉聖陶不甚符合罷了。

記得見面的那一天是一個陰天。我見了生人照例說不出話；聖陶似乎也如此。我們只談了幾句關於作品的泛泛的意見，便告辭了。延陵告訴我每星期六聖陶總回用直去；他很愛他的家。他在校時常邀延陵出去散步；我因與他不熟，只獨自坐在屋裏。不久，中國公學忽然起了風潮。我向延陵說起一個强硬的辦法；——實在是一個笨而無聊的辦法！——我說只怕葉聖陶未必贊成。但是出乎我的意外，他居然贊成了！後來細想他許是有意優容我們吧；這眞是老大哥的態度呢。我們的辦法天然是失敗了，風潮延宕下去；於是大家都住到上海來。我和聖陶差不多天天見面；同時又認識了西諦予同諸兄。這樣經過了一個月；這一個月實在是我的很好的日子。

我看出聖陶始終是個寡言的人。大家聚談的時候，他總是坐在那裏聽着。他卻並不是喜歡孤獨，他似乎老是那麼有味地聽着。至於與人獨對的時候，自然多少要說些話；但辯論是不來的。他覺得辯論要開始了，往往微笑着說：「這個弄不大淸楚了，」這樣就過去了。他又是個極和易的人，輕易看不見他的怒色。他辛辛苦苦保存着的晨報副張，上面有他自己的文字的，特地從家裏捎來給我看；讓我隨便放在一個書架上，給散失了。當他和我同時發見這件事時，他只略露惋惜的顏色，隨卽說：「由他去末哉，由他去末哉！」我是至今慚愧着因爲我知道他作文是不留稿的。他的和易出於天性，並非閱歷世故矯揉造作而成。他對於世間妥協的精神是極厭恨的。在這一月中，我看見他發過一次怒；——始終我只看見他發過這一次怒——那便是對於風潮的妥協論者的蔑視。

風潮結束了，我到杭州教書。那邊學校當局要我約聖陶去。聖陶來信說：「我們要痛痛快快游西湖，不管這是冬天。」他來了，教我上車站去接。我知道他到了車站這一類地方，是會覺得寂寞的。他的家實在太好了，他的衣着一向都是家裏管。我常想，他好像一個小孩子；像小孩子的天眞，也像小孩子的離不開家裏人。必須離開家裏人時，他也得找些熟朋友伴着；孤獨在他簡直是有些可怕的。所以他到校時，本來是獨住一屋的，卻願意將那間屋做我們兩人的臥室，而將我那間做書室。這樣可以常常相伴；我自然也樂意。我們不時到西湖邊去；有時下湖，有時只喝喝酒。在校時各據一桌，我只預備功課，他卻老是寫小說和童話。初到時，學校當局來看過他。第二天，我問他，「要不要去看看他們？」他皺眉道，「一定要去麼？等一天罷。」後來始終沒有去。他是最反對形式主義的。

那時他小說的材料是舊日的儲積；童話的材料有時卻是片刻的感興。如稻草人中大喉嚨一篇便是那天早上，我們都醒在牀上，聽見工廠的氣笛；他便說：「今天又有一篇了，我已經想好了，來的眞快呵。」那篇的藝術很巧，誰想他只是片刻的構思呢！他寫文字時，往往拈筆伸紙，便手不停揮地寫下去；開始及中間，停筆躊躇時絕少。他的稿子極清楚，每頁至多只有三五個塗改的字。他說他從來是這樣的。每篇寫畢，我自然先覩爲快；他往往稱述結尾的適宜，他說對於結尾是有些把握的。看完，他立即封寄小說月報；照例用平信寄。我總勸他掛號；但他說：「我老是這樣的。」他在杭州不過兩個月，寫的眞不少，教人羨慕不已。火災裏從飯起到風潮這七篇，還有稻草人中一部分，都是那時我親眼看他寫的。

在杭州歹了兩個月，放寒假前，他便匆匆地回去了；他實在離不開家，臨去時讓我告訴學校當局無論如何不回來了。但他卻到北平住了半年，也是朋友拉去的。我前些日子偶翻十一年的晨報副刊，看見他那時途中思家的小詩，重念了兩遍，覺得怪有意思。北平回去不久，便入了商務印書館編譯部，家也搬到上海。從此在上海歹下去，直到現在——中間又被朋友拉到福州一次，有一篇將離，抒寫那回的別恨，是纏綿悱惻的文字。這些日子，我在浙江亂跑，有時到上海小住，他常請了假和我各處玩兒或喝酒。有一回，我便住在他家，但我到上海，總愛出門，因此他老說沒有能暢談；他寫信給我，老說這回來要暢談幾天纔行。

十六年一月，我接眷北來，路過上海，許多熟朋友和我餞行，聖陶也在。那晚我們痛快地喝酒，發議論；他是照例地默着。酒喝完了，又去亂走，他也跟着。到了一處，朋友們和他開了個小玩笑；他臉上略露窘意，但仍微笑地默着。聖陶不是個浪漫的人；在一種意義上，他正是延陵所說的「老先生」。但他能了解別人，能諒解別人，他自己也能「作達」，所以仍然——也許格外——是可親的。那晚快夜半了，走過愛多亞路，他向我誦周美成的詞，「酒已都醒，如何消夜永！」我沒有說什麼；那時的心情大約也不能說什麼的。我們到一品香又消磨了半夜。這一回特別對不起聖陶；他是不能少睡覺的人。他家雖住在上海，而起居還依着鄉居的日子；早七點起，晚九點睡。有一回我九點十分去，他家已熄了燈，關好門了。這種自然的，有秩序的生活是對的。那晚上伯祥說：「聖兄明天要不舒服了，」想起來眞是不知要怎樣感謝纔好。

第二天我便上船走了，一眨眼三年半，沒有上南方去。信也很少，卻全是我的懶。我只能從聖陶的小說裏看出他心境的遷變；這個我要留在另一文中說。聖陶這幾年裏似乎到十字街頭走過一趟，但現在怎麼樣呢？我卻不甚了然。他從前晚飯時總喝點酒，「以半醺爲度」；近來不大能喝酒了，卻學了吹笛——前些日子說已會一齣八陽，現在該又會了別的了吧。他本來喜歡看看電影，現在又喜歡聽聽崐曲了。但這些都不是「厭世，」如或人所說的；聖陶是不會厭世的，我知道。又他雖會喝酒，加上吹笛，卻不會抽什麼「上等的紙煙」，也不會住過什麼「小小別墅」，如或人所想的，這個我也知道。

十九年七月，北平清華園。

論無話可說

十年前我寫過詩；後來不寫詩了，寫散文；入中年以後，散文也不大寫得出了——現在是，比散文還要「散」的無話可說！許多人苦於有話說不出，另有許多人苦於有話無處說；他們的苦還在話中，我這無話可說的苦卻在話外。我覺得自己是一張枯葉，一張爛紙，在這個大時代裏。

在別處說過，我的「憶的路」是「平如砥」「直如矢」的；我永遠不曾有過驚心動魄的生活，即使在別人想來最風華的少年時代。我的顏色永遠是灰的。我的職業是三個教書；我的朋友永遠是那麽幾個，我的女人永遠是那麽一個。有些人生活太豐富了，太複雜了，會忘記自己，看不清楚自己，我是什麽時候都「了了玲玲地」知道，記住，自己是怎樣簡單的一個人。

但是爲什麼還會寫出詩文呢？——雖然都是些廢話。這是時代爲之！十年前正是五四運動的時期，大伙兒蓬蓬勃勃的朝氣，緊逼着我這個年輕的學生；於是乎跟着人家的脚印，也說說什麼自然，什麼人生。但這只是些範疇而已。我是個懶人，平心而論，又不曾遭過怎樣了不得的逆境；既不深思力索，又未親自體驗，範疇終於只是範疇，此外也只是廉價的新瓶裏裝舊酒的感傷。當時芝蔴黃豆大的事，都不惜鄭重地寫出來，現在看看，苦笑而已。

先驅者告訴我們說自己的話。不幸這些自己往往是簡單的，說來說去是那一套；終於說的聽的都膩了。——我便是其中的一個。這些人自己其實並沒有什麼話，只是說些中外賢哲說過的和並世少年將說的話。眞正有自己的話要說的，是不多的幾個人；因爲眞正一面生活一面吟味那生活的，只有不多的幾個人。一般人只是生活，按着不同的程度照例生活。

這點簡單的意思也還是到中年纔覺出的；少年時多少有些熱氣，想不到這裏。中年人無論怎樣不好，但看事看得清楚，看得開，卻是可取的。這時候眼前沒有霧，頂上沒有雲彩，有的只是自己的路。他負着經驗的擔子，一步步踏上這條無盡的然而實在的路。他回看少年人那些情感的玩意，覺得一種輕鬆的意味。他樂意分析他背上的經驗，不止是少年時的那些；他不願遠遠地捉摸，而願剝開來細細地看。也知道剝開後便沒了那跳躍着的力量，但他不在乎這個，他明白在冷靜中有他所需要的。這時候他若偶然說話，決不會是感傷的或印象的，他要告訴你怎樣走着他的路，不然就是所剝開的是些什麼玩意。但中年人是很膽小的；他聽別人的話漸漸多了，說了的他不說，說得好的他不說。所以終於往往無話可說——特別是一個尋常的人像我。但沉默又是尋常的人所難堪的，我說苦在話外，以此。

中年人若還打着少年人的調子，——姑不論調子的好壞——原也未嘗不可，只總覺「像煞有介事」他要用很大的力量去寫出那冒着熱氣或流着眼淚的話；一個神經敏銳的人對於這個是不容易忍耐的，無論在自己在別人。這好比上了年紀的太太小姐們還塗脂抹粉地到大庭廣衆裏去賣弄一般，是殊可不必的了。

其實這些都可以說是廢話，只要想一想咱們這年頭這年頭要的是「代言人」，而且將一切說話的都看作「代言人」；壓根兒就無所謂自己的話。這樣一來，如我輩者，倒可以將從前狂妄之罪減輕，而現在是更無話可說了。

但近來在戴譯唯物史觀的文學論裏看到，法國俗語「無話可說」竟與「一切皆好」同意。嗚呼，這是多麼損的一句話，對於我，對於我的時代！

二十年三月。

給亡婦

謙，日子眞快，一眨眼你已經死了三個年頭了。這三年裏世事不知變化了多少回，但你未必注意這些個，我知道。你第一惦記的是你幾個孩子，第二便輪着我。孩子和我平分你的世界，你在日如此；你死後若還有知，想來還如此的。告訴你，我夏天回家來着：邁兒長得結實極了，比我高一個頭。閏兒父親說是最乖，可是沒有先前胖了。采芷和轉子都好。五兒全家誇她長得好看；卻在腿上生了溼瘡，整天坐在竹牀上不能下來，看了怪可憐的。六兒，我怎麼說好，你明白，你臨終時也和母親談過，這孩子是只可以養着玩兒的，他左挨右挨，去年春天，到底沒有挨過去。這孩子生了幾個月，你的肺病就重起來了。我勸你少親近他，只監督着老媽子照管就行。你總是忍不住，一會兒提，一會兒抱的。可是你病中爲他操的那一份兒心也够瞧的。那一個夏天他病的時候多，你成天兒忙着湯呀，藥呀，冷呀，暖呀，連覺也沒有好好兒睡過。那裏有一分一毫想着你自己。瞧着他硬朗點兒你就樂，乾枯的笑容在黃蠟般的臉上，我只有暗中嘆氣而已。

從來想不到做母親的要像你這樣。從邁兒起，你總是自己餵乳，一連四個都這樣。你起初不知道按鐘點兒餵，後來知道了，卻又弄不慣；孩子們每夜裏幾次將你哭醒了，特別是悶熱的夏季。我瞧你的覺老沒睡足。白天裏還得做菜，照料孩子，很少得空兒。你的身子本來壞，四個孩子就累你七八年。到了第五個，你自己實在不成了，又沒乳，只好自己餵奶粉，另雇老媽子專管她。但孩子跟老媽子睡，你就沒有放過心；夜裏一聽見哭，就豎起耳朵聽，工夫一大就得過去看。十六年初和你到北京來，將邁兒，轉子留在家裏；三年多還不能去接他們，可真把你惦記苦了。你並不常提，我卻明白。你後來說你的病就是惦記出來的；那個自然也有份兒，不過大半還是養育孩子累的。你的短短的十二年結婚生活，有十一年耗費在孩子們身上；而你一點不厭倦，有多少力量用多少，一直到自己毀滅爲止。你對孩子一般兒愛，不問男的女的，大的小的。也不想到什麼「養兒防老，積穀防饑，」只拚命的愛去。你對於教育老實說有些外行，孩子們只要喫得好玩得好就成了。這也難怪你，你自己便是這樣長大的。況且孩子們原都還小，喫和玩本來也要緊的。你病重的時候最放不下的還是孩子。病的只剩皮包着骨頭了，總不信自己不會好；老說：「我死了，這一大羣孩子可苦了。」後來說送你回家，你想着可以看見邁兒和轉子，也願意；你萬不想到會一去不返的。我送車的時候，你忍不住哭了，說「還不知能不能再見？」可憐，你的心我知道，你滿想着好好兒帶着六個孩子回來見我的。謙，你那時一定這樣想一定的。

除了孩子，你心裏只有我。不錯，那時你父親還在，可是你母親死了，他另有個女人，你老早就覺得隔了一層似的。出嫁後第一年你雖還一心一意依戀着他老人家，到第二年上我和孩子可就將你的心佔住，你再沒有多少工夫惦記他了。你還記得第一年我在北京，你在家裏。家裏來信說你待不住，常回娘家去。我動氣了，馬上寫信責備你。你教人寫了一封復信，說家裏有事，不能不回去。這是你第一次也可以說第末次的抗議，我從此就沒給你寫信。暑假時帶了一肚子主意回去，但見了面，看你一臉笑，也就拉倒了。打這時候起，你漸漸從你父親的懷裏跑到我這兒。你換了金鐲子幫助我的學費，叫我以後還你；但直到你死，我沒有還你。你在我家受了許多氣，又因爲我家的緣故受你家裏的氣，你都忍着。這全爲的是我，我知道。那回我從家鄉一個中學半途辭職出走。家裏人諷你也走。那裏走！只得硬着頭皮往你家去。那時你家像個冰窖子，你們在窖裏足足住了三個月。好容易我纔將你們領出來了，一同上外省去。小家庭這樣組織起來了。你雖不是什麼闊小姐，可也是自小嬌生慣養的，做起主婦來，什麼都得幹一兩手；你居然做下去了，而且高高興興地做下去了。菜照例滿是你做，可是喫的都是我們；你至多夾上兩三筷子就算了。你的菜做得不壞，有一位老在行大大地誇獎過你。你洗衣服也不錯，夏天我的綢大褂大概總是你親自動手。你在家老不樂意閒着；坐前幾個「月子，」老是四五天就起牀，說是躺着家裏事沒條沒理的。其實你起來也還不是沒條理；咱們家那麼多孩子，那兒來條理？在浙江住的時候，逃過兩回兵難，我都在北平。眞虧你領着母親和一羣孩子東藏西躲的；末一回還要走多少里路，翻一道大嶺。這兩回差不多只靠你一個人。你不但帶了母親和孩子們，還帶了我一箱箱的書；你知道我是最愛書的。在短短的十二年裏，你操的心比人家一輩子還多；謙，你那樣身子怎麼經得住！你將我的責任一股腦兒擔負了去，壓死了你；我如何對得起你！

你爲我的撈什子書也費了不少神；第一回讓你父親的男傭人從家鄉捎到上海去。他說了幾句閒話，你氣得在你父親面前哭了。第二回是帶着逃難，別人都說你傻子。你有你的想頭：「沒有書怎麼教書？況且他又愛這個玩意兒。」其實你沒有曉得，那些書丟了也並不可惜；不過教你怎麼曉得，我平常從來沒和你談過這些個！總而言之，你的心是可感謝的。這十二年裏你爲我吃的苦眞不少，可是沒有過幾天好日子。我們在一起住，算來也還不到五個年頭。無論日子怎麼壞，無論是離是合，你從來沒對我發過脾氣，連一句怨言也沒有。——別說怨我，就是怨命也沒有過。老實說，我的脾氣可不大好，遷怒的事兒有的是。那些時候你往往抽噎着流眼淚，從不回嘴，也不號啕。不過我也只信得過你一個人，有些話我只和你一個人說，因爲世界上只你一個人眞關心我，眞同情我。你不但爲我吃苦，更爲我分苦；我之有我現在的精神，大半是你給我培養着的。這些年來我很少生病。但我最不耐煩生病，生了病就呻吟不絕，鬧那伺候病的人。你是領教過一回的，那回只一兩點鐘，可是也够麻煩了。你常生病，卻總不開口，掙扎着起來；一來怕攪我，二來怕沒人做你那份兒事。我有一個壞脾氣，怕聽人生病，也是眞的。後來你天天發燒，自己還以爲南方帶來的瘧疾，一直瞞着我。明明躺着，聽見我的脚步，一骨碌就坐起來。我漸漸有些奇怪，讓大夫一瞧，這可糟了，你的一個肺已爛了一個大窟窿了！大夫勸你到西山去靜養，你丟不下孩子，又捨不得錢；勸你在家裏躺着，你也丟不下那份兒家務。越看越不行了，這纔送你回去。明知凶多吉少，想不到只一個月工夫你就完了！本來盼望還見得着你，這一來可拉倒了。你也何嘗想到這個？父親告訴我，你回家獨住着一所小住宅，還嫌沒有客廳，怕我回去不便哪。

前年夏天回家，上你墳上去了。你睡在祖父母的下首，想來還不孤單的。只是當年祖父母的壙太小了，你正睡在壙底下。這叫做「抗壙」，在生人看來是不安心的；等着想辦法罷。那時壙上壙下密密地長着青草，朝露浸溼了我的布鞋。你剛埋了半年多，只有壙下多出一塊土，別的全然看不出新墳的樣子。我和隱今夏回去，本想到你的墳上來；因爲她病了，沒來成。我們想告訴你，五個孩子都好，我們一定盡心教養他們，讓他們對得起死了的母親你！謙，好好兒放心安睡罷，你。

二十一年十月。

你我

現在受過新式教育的人，見了無論生熟朋友，往往喜歡你我相稱。這不是舊來的習慣而是外國語與翻譯品的影響。這風氣並未十分通行；一般社會還不願意採納這種辦法——所謂粗人一向你呀我的，卻當別論。有一位中等學校校長告訴人，一個舊學生去看他，左一個「你」，右一個「你」，彷彿用指頭點着他鼻子，眞有些受不了。在他想只有長輩該稱他「你」，只有太太和老朋友配稱他「你」。够不上這個份兒，也來「你」呀「你」的，倒像對當差老媽子說話一般，豈不可惱！可不是從前小說裏「弟兄相呼，你我相稱」，也得够上那份兒交情纔成。而俗語說的「你我不錯」，「你我還這樣那樣」，也是託熟的口氣，指出彼此的依賴與信任。

同輩你我相稱，言下只有你我兩個，旁若無人；雖然十目所視，十手所指，他們的指他們的，管不着。楊震在你我相對的時候，會想到你我之外的「天知地知，」眞是一個玄遠的託辭，虧他想得出。常人說話稱你我，卻只是你說給我，我說給你；別人聽見也罷，不聽見也罷，反正說話的一點兒沒有想着他們那些不相干的。自然也有時候「取瑟而歌，」也有時候「指桑罵槐，」但那是話外的話或話裏的話，論口氣卻只對着那一個「你。」這麽着，一說你我，你我便從一羣人裏除外，單獨地相對着。離羣是可怕又可憐的，只要想想大野裏的獨行，黑夜裏的獨處就明白。你我既甘心離羣，彼此便非難解難分不可；否則豈不要吃虧？難解難分就是親暱；骨肉是親暱，結交也是個親暱，所以說只有長輩該稱「你，」只有太太和老朋友配稱「你。」「你」你我相稱者，你我相親而已。然而我們對家裏當差老媽子也稱「你，」對街上的洋車夫也稱「你，」卻不是一個味兒。古來以「爾汝」爲輕賤之稱。就指的這一類。但輕賤與親暱有時候也難分，譬如叫孩子爲「狗兒，」叫情人爲「心肝，」明明將人比物，卻正是親暱之至。而長輩稱晚輩爲「你，」也夾雜着這兩種味道——那些親誼疏遠的稱「你，」有時候簡直毫無親暱的意思，只顯得輩分高罷了。大概輕賤與親暱有一點相同；就是，都可以隨隨便便，甚至於動手動脚。

生人相見不稱「你。」通稱是「先生，」有帶姓不帶姓之分；不帶姓好像來者是自己老師，特別客氣，用得少些。北平人稱「某爺，」「某幾爺，」如「馮爺，」「吳二爺，」也是通稱，可比「某先生，」親暱些。但不能單稱「爺，」與「先生，」不同。「先生，」原是老師，「爺，」卻是「父親；」尊人爲師猶之可，尊人爲父未免吃虧太甚。（聽說前淸的太監有稱人爲「爺，」的時候，那是刑餘之人，只算例外。）至於「老爺，」多一個「老」字，就不會與父親相混，所以僕役用以單稱他的主人，舊式太太用以單稱她的丈夫。女的通稱「小姐，」「太太，」「師母，」卻都得帶姓；「太太，」「師母，」更其如此。因爲單稱「太太，」自己似乎就是老爺，單稱「師母，」自己似乎就是門生，所以非帶姓不可。「太太」

是北方的通稱，南方人卻嫌官僚氣；「師母」是南方的通稱，北方人卻嫌頭巾氣。女人麻煩多，眞是無法奈何。比「先生」親近些是「某某先生」「某某兄」「某某」是號或名字；稱「兄」取其彷彿一家人。再進一步就以號相稱，同時也可稱「你」。在正式的聚會裏，有時候得稱職銜，如「張部長」「王經理」；也可以不帶姓，和「先生」一樣。偶爾還得加上一個「貴」字，如「貴公使」。下屬對上司也得稱職銜。但像科員等小脚色，卻不便稱銜，只好屈居在「先生」一輩裏。

僕役對主人稱「老爺」「太太」，「先生」「師母」；與同輩分別的，一律不帶姓。他們在同一時期內大概只有一個老爺太太或先生師母，是他們衣食的靠山，不帶姓正所以表示只有這一對兒纔是他們的主人。對於主人的客卻得一律帶姓；即便主人的本家，也得帶上號碼兒，如「三老爺」「五太太」——大家庭用的人或兩家合用的人例外。「先生」本可不帶姓，「老爺」本是下對上的稱呼，也常不帶姓；女僕稱「老爺」

雖和舊式太太稱丈夫一樣，但身分聲調既然各別，也就不要緊。僕役稱「師母，」決無門生之嫌，不怕尊敬過分；女僕稱「太太，」毫無疑義；男僕稱「太太」與女僕稱「老爺」同例。晚輩稱長輩，有「爸爸」「媽媽，」「伯伯，」「叔叔」等稱。自家人和近親不帶姓，但有時候帶號碼兒；遠親和父執母執，都帶姓；乾親帶「乾」字，如「乾娘」；父親的盟兄弟，母親的盟姊妹，有些人也以自家人論。

這種種稱呼，按劉半農先生說，是「名詞替代代詞，」但也可說是他稱替代對稱。不稱「你」而稱「某先生，」是將分明對面的你變成一個別人；於是乎對你說的話，都不過是關於「他」的。這麼着，你我間就有了適當的距離，彼此好隄防着；生人間說話隄防着些，沒有錯兒。再則一般人都可以稱你「某先生，」我也跟着稱「某先生，」正見得和他們一塊兒，並沒有單獨挨近你身邊去。所以「某先生」一來，就對面無你，旁邊有人。這種替代法的效用，因所代的他稱廣狹而轉移。譬如「某先生，」誰對誰都可稱，用以代

「你，」是十分「敬而遠之；」又如「某部長，」只是僚屬對同官與長官之稱，「老爺」只是僕役對主人之稱，敬意過於前者，遠意卻不及；至於「爸爸」「媽媽，」只是弟兄姊妹對父母的稱，不像前幾個名字可以移用在別人身上，所以雖不用「你，」還覺得親暱，但敬遠的意味總免不了有一些；在老人家前頭要像在太太或老朋友前頭那麼自由自在，到底是辦不到的。

北方話裏有個「您」字，是「你」的尊稱，不論親疏貴賤全可用，方便之至。這個字比那拐彎抹角的替代法乾脆多了，只是南方人聽不進去，他們覺得和「你」也差不多少。這個字本是閉口音，指衆數；「你們」兩字就從此出。南方人多用「你們」代「你」。用衆數表尊稱，原是語言常例。指的既非一個，你旁邊便彷彿還有些別人和你親近的，與說話的相對着說話的，天然不敢侵犯你，也不敢妄想親近你。這也還是個「敬而遠之」。湖北人尊稱人爲「你家，」「家」字也表衆數，如「人家」「大家」可見。

此外還有個方便的法子，就是利用呼位，將他稱與對稱拉在一塊兒。說話的時候先叫聲「某先生」或別的，接着再說「你怎樣怎樣」；這麼着好像「你」字兒都是對你以外的「某先生」說的，你自己就不會覺得唐突了。這個辦法上下一律通行。在上海有些不三不四的人問路，常叫一聲「朋友」，再說「你」；北平老媽子彼此說話，也常叫聲「某姐」，再「你」下去——她們覺得這麼稱呼倒比說「您」親暱些。但若說「這是兄弟你的事」，「這是他爸爸你的責任」，「兄弟」「你」「他爸爸」「你」簡直連成一串兒，與用呼位的大不一樣。這種口氣只能用於親近的人。第一例的他稱意在加重全句的力量，表示雖與你親如弟兄，這件事卻得你自己辦，不能推給別人。第二例因「他」而及「你」，用他稱意在提醒你的身分，也是加重那個句子；好像說你我雖親近，這件事卻該由做他爸爸的你，而不由做自己的朋友的你負責任；所以也不能推給別人。又有對稱在前他稱在後的。但除了「你先生」「你老兄」還有敬遠之意以外，別的如「你太太，」「你小姐，」「你張三，」「你這個人，」「你這傢伙，」「你這位先生，」「你這該死的，」「你這沒良心的東西，」卻都是些親口埋怨或破口大罵的話。「你先生，」「你老兄」的「你」不重讀，別的「你」都是重讀的。「你張三」直呼姓名，好像聽話的是個遠哉遙遙的生人，因爲只有毫無關係的人纔能直呼姓名；可是加上「你」字，卻變了親暱與輕賤兩可之間。近指形容詞「這，」加上量詞「個」成爲「這個，」都兼指人與物；說「這個人」和說「這個碟子，」一樣地帶些無視的神氣在指點着。加上「該死的，」「沒良心的，」「傢伙，」「東西，」無視的神氣更足。只有「你這位先生」稍稍客氣些；不但因爲那「先生，」並且因爲那量詞「位」字。「位」指「地位，」用以稱人，指那有某種地位的，就與常人有別。至於「你老，」「你老人家，」「老人家」是衆數，「老」是敬辭——老人常受人尊重。但「你老」用得少些。

最後還有省去對稱的辦法，卻並不如文法書裏所說，只限於祈使語氣，也不限於上輩對下輩的問語或答語，或熟人間偶然的問答語：如「去嗎」「不去」之類。有人曾遇見一位頗有名望的省議會議長，隨意談天兒。那議長的說話老是這樣的：

去過北京嗎？

在那兒住？

覺得北京怎麼樣？

幾時回來的？

始終沒有用一個對稱，也沒有用一個呼位的他稱，彷彿說到一個不知是誰的人。那聽話的覺得自己沒有了，只看見儼然的議長。可是偶然要敷衍一兩句話，而忘了對面人的姓，單稱「先生」又覺不值得的時候，這麼辦卻也可以救眼前之急。

生人相見也不多稱「我」。但是單稱「我」只不過傲慢，彷彿有點兒瞧不起人，卻沒有那過分親暱的味兒，與稱你我的時候不一樣。所以自稱比對稱麻煩少些。若是不隨便稱「你，」「我」字儘可麻麻糊糊通用；不過要留心聲調與姿態，別顯出拍胸脯指鼻尖的神兒。若是還要謹慎些，在北方可以說「咱，」說「俺，」在南方可以說「我們」；「咱」和「俺」原來也都是閉口音，與「我們」同是衆數。自稱用衆數，表示聽話的也在內，「我」說話像是你和我或你我他聯合宣言；這麽着我的責任就有人分擔，誰也不能說我自以爲是了。也有說「自己」的，如「只怪自己不好，」「自己沒主意怨誰！」但同樣的句子用來指你我也成。至於說「我自己，」那却是加重的語氣，與這個不同。又有說「某人」「某某人」的，如張三說，「他們老疑心這是某人做的，其實我一點也不知道。」這個「某人」就是張三，但得隨手用「我」字點明。若說「張某人豈是那樣的人！」却容易明白。又有說「人，」「別人，」「人家，」「別人家」的，如「這可叫人怎麽辦？」「也不管人家死活。」指你我也成。這些都是用他稱（單數與衆數）替代自稱，將自己說成別人；但都不是明確的替代，要靠上下文加上聲調姿態，纔能顯出作用，不像替代對稱那樣。而其中如「自己」「某人」，能替代「我」的時候也不多，可見自稱在我的關係多，在人的關係少，老老實實用「我」字也無妨，所以歷來並不十分費心思去找替代的名詞。

演說稱「兄弟」，「鄙人」，「個人」或自己名字，會議稱「本席」，也是他稱替代自稱，却一聽就明白，因爲這幾個名詞，除「兄弟」代「我」，平常談話裏還偶然用得着之外，別的差不多都已成了向公衆說話專用的自稱。「兄弟」「鄙人」全是謙詞，「兄弟」親暱些；「個人」就是「自己」；稱名字不帶姓，好像對尊長說話。——稱名字的還有僕役與幼兒。僕役稱名字兼帶姓，如「張順不敢」，幼兒自稱乳名，却因爲自我觀念還未十分發達，聽見人家稱自己乳名，也就如法炮製。可教大人聽着樂，爲的是「像煞有介事」。——「本席」指「本席的人」，原來也該是謙稱；但以此自稱的人往往有一種訑訑然的聲調姿態，所以反覺得傲慢了。這大約是「本」字作怪。從「本總司令」到「本縣長，」雖也是以他稱替代自稱，可都是誥誡下屬的口氣，意在顯出自己的身分，讓他們知所敬畏。這種自稱用的機會却不多。對同輩也偶然有要自稱職銜的時候，可不用「本」字而用「敝」字。但「司令」可「敝，」「縣長」可「敝，」「人」却「敝」不得；「敝人」是涼薄之人，自己罵得未免太苦了些。同輩間也可用「本」字，是在開玩笑的當兒，如「本科員，」「本書記，」「本教員，」取其氣昂昂的，有俯視一切的樣子。

他稱比「我」更顯得傲慢的還有。如「老子，」「咱老子，」「大爺我，」「我某幾爺」「我某某某。」老子本非同輩相稱之詞，雖然加上衆數的「咱，」似乎只是壯聲威，並不爲的分責任。「大爺」「某幾爺」也都是尊稱，加在「我」上，是增加「我」的氣燄的。對同輩自稱姓名，表示自己完全是個無關係的陌生人，本不如此，偏取了如此態度，將聽話的遠遠地推開去，再加上「我，」更是神氣。這些「我」字都是重讀的。但除了「我某某某，」那幾個別的稱呼大概是丘八流氓用得多。他稱也有比「我」顯得親暱的。如對兒女自稱「爸爸」「媽，」說「爸爸疼你，」「媽在這兒，別害怕。」對他們稱「我」的太多了，對他們稱「爸爸」「媽」的卻只有兩個人他們最親暱的兩個人。所以他們聽起來，「爸爸」「媽」比「我」鮮明得多。幼兒更是這樣；他們既然還不甚懂得什麼是「我，」用「爸爸」「媽」就更要鮮明些。聽了這兩個名字，不用捉摸，立刻知道是誰而得着安慰；特別在他們正專心一件事或者快要睡覺的時候。若加上「你，」說「你爸爸」「你媽，」沒有「我，」只有「你的，」讓大些的孩子聽了，親暱的意味更多。對同輩自稱「老某，」如「老張」或「兄弟我，」如「交給兄弟我辦罷，沒錯兒，」也是親暱的口氣。「老某」本是稱人之詞。單稱姓，表示彼此非常之熟，一提到姓就會想起你，再不用別的；同姓的雖然無數，而提到這一姓，卻偏偏只想起你。「老」字本是敬辭，但平常說笑慣了的人，忽然敬他一下，只是鬧他以取樂罷了；姓上加「老」字，原來怕不過是個玩笑，正和「你老先生」「你老人家」有時候用作滑稽的敬語一樣。日子久了，不覺得反變成「熟得很」的意思。於是自稱「老張」就是「你熟得很的張」不用說，頂親暱的。「我」在「兄弟」之下，指的是做兄弟的「我」，「我」當然比平常的「我」客氣些；但既有他稱，還用自稱，特別着重那個「我」，多少免不了自負的味兒。這個「我」字也是重讀的。用「兄弟我」的也以江湖氣的人爲多。自稱常可省去；或因敍述的方便，或因答語的方便，或因避免那傲慢的字。

「他」字也須因人而施，不能隨便用。先得看「他」在不在旁邊兒。還得看「他」與說話的和聽話的關係如何——是長輩，同輩，晚輩，還是不相干的，不相識的？北平有個「怹」字，用以指在旁邊的別人與不在旁邊的尊長，別人既在旁邊聽着，用個敬詞，自然合式些。這個字本來也是閉口音，與「您」字同是衆數，是「他們」所從出。可是不常聽見人說；常說的還是「某先生」，也有稱職銜，行業，身分，行次，姓名號的。「他」和「你」「我」情形不同，在旁邊的還可指認，不在旁邊的必得有個前詞纔明白。前詞也不外乎這五樣兒。職銜如「部長」「經理。」行業如店主叫「掌櫃的，」手藝人叫「某師傅，」是通稱；做衣服的叫「裁縫，」做飯的叫「廚子，」是特稱。身分如妻稱夫爲「六斤的爸爸，」洋車夫稱坐車人爲「坐兒，」主人稱女僕爲「張媽，」「李嫂。」——「媽」「嫂」「師傅」都是尊長之稱，卻用於既非尊長又非同輩的人，也許稱「張媽」是借用自己孩子們的口氣，稱「師傅」是借用他徒弟的口氣，只有稱「嫂」纔是自己的口氣，用意都是要親暱些。借用別人口氣表示親暱的，如媳婦跟着她孩子稱婆婆爲「奶奶，」自己矮下一輩兒，又如跟着熱朋友用同樣的稱呼稱他親戚，如「舅母」「外婆」等，自己近走一步兒；只有「爸爸」「媽，」假借得極少。對於地位同的既可如此假借，對於地位低的當然更可隨便些；反正誰也明白，這些不過說得好聽罷了。——行次如稱朋友或兒女用「老大」「老二，」稱男僕也常用「張二」「李三。」稱號在親子間，夫婦間，朋友間最多，近親與師長也常這麼稱。稱姓名往往是不相干的人。有一回政府不讓報上直稱當局姓名，說應該稱銜帶姓，想來就是恨這個不相干的勁兒。又有指點似地說「這個人」「那個人」的，本是疏遠或輕賤之稱。可是有時候不願，不便，或不好意思說出一個人的身分或姓名，也用「那個人」；這裏頭却有很親暱的，如要好的男人或女人，都可稱「那個人」。至於「這東西，」「這傢伙，」「那小子，」是更進一步；愛憎同辭，只看怎麼說出。又有用泛稱的，如「別怪人，」「別怪人家，」「一個人別太不知足，」「人到底是人。」但既是泛稱，指你我也未嘗不可。又有用虛稱的，如「他說某人不好，某人不好；」「某人」雖確有其人，卻不定是誰，而兩個「某人」所指也非一人。還有「有人」，就是「或人。」用這個稱呼有四種意思：一是不知其人，如「聽說有人譯這本書。」二是知其人而不願明言，如「有人說怎樣怎樣，」這個人許是個大人物，自己不願舉出他的名字，以免矜誇之嫌。這個人許是個不甚知名的脚色，提起來聽話的未必知道，樂得不提，省事。又如「有人說你的閒話，」卻大大不同。三是知其人而不屑明言，如「有人在一家報紙上罵我。」四是其人或他的關係人就在一旁故意「使子聞之」如「有人不樂意我知道。」「我知道，有人恨我，我不怕。」——這麼着簡直是挑戰的態度了。又有前詞與「他」字連文的，如「你爸爸他辛苦了一輩子，眞是何苦來？」是加重的語氣。

親近的及不在旁邊的人纔用「他」字；但這個字可帶有指點的神兒，彷彿說到的就在眼前一樣。自然有些古怪，在眼前的儘管用「您」或別的向遠處推；不在的卻又向近處拉。其實推是爲說到的人聽着痛快；他既在一旁聽話的當然看得親切，口頭上雖向遠處推無妨。拉卻是爲聽話人聽着親切，讓他聽而如見。因此「他」字雖指你我以外的別人，也有親暱與輕賤兩種情調，並不含含糊糊地「等量齊觀」。最親暱的「他」，用不着前詞；如流行甚廣的「看見她」歌謠裏的「她」字——一個多情多義的「她」字。這還是在眼前的。新婚少婦談到不在眼前的丈夫，也往往沒頭沒腦地說「他如何如何」，一面還紅着臉兒。但如「管他，你走你的好了。」「他——他只比死人多口氣，」就是輕賤的「他」了。不過這種輕賤的神兒若「他」不在一旁卻只能從上下文看出；不像說「你」的時候永遠可以從聽話的一邊直接看出。「他」字除人以外，也能用在別的生物及無生物身上；但只在孩子們的話裏如此。指貓指狗用「他」是常事，指桌椅指樹木也有用「他」的時候。譬如孩子讓椅子絆了一交，哇的哭了，大人可以將椅子打一下，說「別哭。是他不好。我打他。」孩子眞會相信，回嗔作喜，甚至於也捏着小拳頭揍着捶兩下。孩子想着甚麼都是活的，所以隨隨便便地「他」呀「他」的，大人可就不成。大人說「他」，十回九回指人；別的只稱名字，或說「這個，」「那個，」「這東西，」「這件事，」「那種道理。」但也有例外，像「聽他去罷，」「管他成不成，我就是這麼辦。」這種「他」有時候指事不指人。還有個「彼」字，口語裏已廢而不用，除了說「不分彼此，」「彼此都是一樣。」這個「彼」字不是「他」而是與「這個」相對的「那個，」已經在「人稱」之外。「他」字不能省略，一省就與你我相混；只除了在直截的答語裏。

代詞的三稱都可用名詞替代，三稱的單數都可用衆數替代，作用是「敬而遠之」但三稱還可互代。如「大難臨頭，不分你我，」「他們你看我，我看你，一句話不說，」「你」「我」就是「彼」「此」。又如「此公人棄我取，」「我」是「自己」。又如論別人，「其實你去不去與人無干，我們只是盡朋友之道罷了。」「你」實指「他」而言。因爲要說得活靈活現，纔將三人間變爲二人間，讓聽話的更覺得親切些。意思既指別人，所以直呼「你」「我」，無需避忌。這都以自稱對稱替代他稱。又如自己責備自己說：「咳，你眞糊塗！」這是化一身爲兩人。又如批評別人，「憑你說乾了嘴脣皮，他聽你一句纔怪！」「你」就是「我」，是讓你設身處地替自己想。又如「你只管不動聲色地幹下去，他們知道我怎麼辦？」「我」就是「你」，是自己設身處地替對面人想。這都是着急的口氣：我的事要你設想，讓你同情我；你的事我代設想，讓你親信我。可不一定親暱，只在說話當時見得彼此十二分關切就是了。只有「他」字，卻不能替代「你」「我」，因爲那麼着反把話說遠了。

衆數指的是一人與一人，一人與衆人，或衆人與衆人，彼此間距離本遠，避忌較少。但是也有分別名詞替代，還用得着。如「各位，」「諸位，」「諸位先生，」都是「你們」的敬詞；「各位」是逐指，雖非衆數而作用相同。代詞名詞連文也用得着，如「你們這些人」，「你們這班東西」輕重不一樣，卻都是責備的口吻。又如發牢騷的時候不說「我們」而說「這些人，」「我們這些人」表示多多少少是與衆不同的人。但替代「我們」的名詞似乎沒有。又如不說「他們」而說「人家，」「那些位，」「這班東西，」「那班東西，」或「他們這些人。」三稱衆數的對峙，不像單數那樣明白的鼎足而三。「我們，」「你們，」「他們」相對的時候並不多；說「我們，」常只與「你們，」「他們」二者之一相對着。這兒的「你們」包括「他們，」「他們」也包括「你們；」所以說「我們」的時候，實在只有兩邊兒。所謂「你們，」有時候不必全都對面，只是與對面的在某些點上相似的人；所謂「我們」，也不一定全在身旁，只是與說話的在某些點上相似的人。所以「你們」「我們」之中，都有「他們」在內。「他們」之近於「你們」的，就收編在「你們」裏；「他們」之近於「我們」的，就收編在「我們」裏；於是「他們」就沒有了。「我們」與「你們」也有相似的時候，「我們」可以包括「你們」，「你們」就沒有了；只賸下「他們」和「我們」相對着。演說的時候，對聽衆可以說「你們」，也可以說「我們」。說「你們」顯得自己高出他們之上，在教訓着；說「我們」，自己就只在他們之中，在彼此勉勵着。聽衆無疑地是願意聽「我們」的。只有「我們」，永遠存在，不會讓人家收編了去；因爲沒有「我們」，就沒有了說話的人。「我們」包羅最廣，可以指全人類，而與一切生物無生物對待着。「你們」「他們」都只能指人類的一部分；而「他們」除了特別情形，只能指不在眼前的人，所以更狹窄些。

北平自稱的衆數有「咱們」「我們」兩個。第一個發見這兩個自稱的分別的是趙元任先生他在阿麗思漫游奇境記的凡例裏說：

「咱們」是對他們說的，聽話的人也在內的。

「我們」是對你們或他們說的，聽話的人不在內的。

趙先生的意思也許說，「我們」是對你們或（你們和）他們說的。這麼着「咱們」就收編了「你們」「我們」就收編了「他們」——不能收編的時候，「我們」就與「你們」「他們」成鼎足之勢。這個分別並非必需，但有了也好玩兒；因爲說「咱們」親暱些，說「我們」疏遠些，又多一個花樣。北平還有個「倆」字，只指兩個，「咱們倆」「你們倆，」「他們倆」無非顯得兩個人更親暱些；不帶「們」字也成。還有「大家」是同輩相稱或上稱下之詞，可用在「我們」「你們，」「他們」之下。單用是所有相關的人都在內；加「我們」拉得近些，加「你們」推得遠些，加「他們」更遠些。至於「諸位大家，」當然是個笑話。

代詞三稱的領位，也不能隨隨便便的。生人間還是得用替代，如稱自己丈夫爲「我們老爺，」稱朋友夫人爲「你們太太，」稱別人父親爲「某先生的父親。」但向來還有一種簡便的尊稱與謙稱，如「令尊」「令堂，」「尊夫人，」「令弟，」「令郎，」以及「家父，」「家母，」「內人，」「舍弟，」「小兒」等等。「令」字用得最廣，不拘那一輩兒都加得上，「尊」字太重用處就少；「家」字只用於長輩同輩，「舍」字，「小」字只用於晚輩。熟人也有用通稱而省去領位的，如自稱父母爲「老人家，」——長輩對晚輩說他父母也這麼稱——稱朋友家裏人爲「老太爺」「老太太，」「太太，」「少爺，」「小姐」；可是沒有稱人家丈夫爲「老爺」或「先生」的，只能稱「某先生，」「你們先生。」此外有稱「老伯」「伯母」「尊夫人」的，爲的親暱些；所省去的卻非「你的」而是「我的」。更熟的人可稱「我父親，」「我弟弟，」「你學生，」「你姑娘，」卻並不大用「的」字。「我的」往往只用於呼位，如「我的媽呀！」「我的兒呀！」「我的天呀！」被領位若不是人而是事物，卻可隨便些。「的」字還用於獨用的領位，如「你的就是我的。」「去他的。」領位有了「的」字，顯得特別親暱似的。也許「的」字是齊齒音，聽了覺得挨擠着緊縮着纔有此感。平常領位所領的若是人而也用「的」字，就好像有些過火；「我的朋友」差不多成了一句嘲諷的話，一半怕就是爲了那個「的」字。衆數的領位也少用「的」字。其實眞正衆數的領位用的機會也少，用的大多是替代單數的。「我家，」「你家」「他家」有時候也可當衆數的領位用，如「你家孩子眞懂事，」「你家廚子走了，」「我家運氣不好。」北平還有一種特別稱呼，也是關於自稱領位的。譬如女的向人說：「你兄弟這樣長那樣短，」「你兄弟」卻是她丈夫；男的向人說「你姪兒這樣短，那樣長，」「你姪兒」卻是他兒子。這也算對稱替代自稱，可是大規模的用意可以說是「敬而近之。」因爲「近，」纔直稱「你。」被領位若是事物，領位除可用替代外，也有用「尊」字的，如「尊行」（行次）「尊寓，」但少極帶滑稽味而上「尊」號的卻多，如「尊口，」

「尊鬚」，「尊靴」，「尊帽」等等。

外國的影響引我們抄近路，只用「你」，「我」，「他」，「我們」，「你們」，「他們」，倒也是乾脆的辦法；好在聲調姿態變化是無窮的。「他」分爲三，在紙上也還有用，口頭上卻用不着；讀「她」爲「一」，「它」或「牠」爲「去亡」，大可不必，也行不開去。「它」或「牠」用得也太洋味兒，眞蹩扭，有些實在可用「這個」「那個」。再說代詞用得太多，好些重複是不必要的；而領位「的」字也用得太濫點兒。❶

❶ 二十二年暑中看馬氏文通，楊遇夫先生高等國文法，劉半農先生中國文法講話，胡適之先生文存裏的爾汝篇，對於人稱代名詞有些不成系統的意見，略加整理，寫成此篇。但所論只現代口語所用爲限，作文寫信用的，以及念古書時所遇見的，都不在內。

談抽烟

有人說，「抽煙有什麼好處？還不如吃點口香糖，甜甜的，倒不錯。」不用說，你知道這準是外行。口香糖也許不錯，可是喜歡的怕是女人孩子居多；男人很少賞識這種頑意兒的；除非在美國，那兒怕有些個例外。一塊口香糖得咀嚼老半天，還是嚼不完，憑你怎麼斯文，那朵頤的樣子，總遮掩不住，總有點兒不雅相。這其實不像抽煙，倒像銜橄欖。你見過銜着橄欖的人腮幫子上凸出一塊，嘴裏不時地嗞兒嗞兒的。抽煙可用不着這麼費勁；煙捲兒尤其省事，隨便一刁上，悠然的就吸起來，誰也不來注意你。抽煙說不上是什麼味道；勉强說，也許有點兒苦罷。但抽煙的不稀罕那「苦」，而稀罕那「有點兒。」他的嘴太悶了，或者太閒了，就要這麼點兒來湊個熱鬧，讓他覺得嘴還是他的。嚼一塊口香糖可就太多，甜甜的，夠多膩味而且有了糖也許便忘記了「我。」

抽煙其實是個玩意兒。就說抽捲煙罷，你打開匣子或罐子，抽出煙來在桌上頓幾下，銜上，擦洋火，點上。這其間每一個動作都帶股勁兒，像做戲一般。自己也許不覺得，但到沒有煙抽的時候，便覺得了。那時候你必然閒得無聊；特別是兩隻手，簡直沒放處。再說那吐出的煙，裊裊地繚繞着，也夠你一回兩回的捉摸；它可以領你走到頂遠的地方去。——即便在百忙當中，也可以讓你輕鬆一忽兒。所以老於抽煙的人，一刁上煙，眞能悠然遐想。他霎時間是個自由自在的身子，無論他是靠在沙發上的紳士，還是蹲在臺階上的瓦匠。有時候他還能夠刁着煙和人說閒話；自然有些含含糊糊的，但是可喜的是那滿不在乎的神氣。這些大概也算得遊戲三昧罷。

好些人抽煙，爲的有個伴兒。譬如說一個人單身住在北平，和朋友在一塊兒，倒是有說有笑的，回家來，空屋子像水一樣。這時候他可以摸出一支煙抽起來，借點兒暖氣。黃昏來了，屋子裏的東西只賸些輪廓，暫時懶得開燈，也可以點上一支煙，看煙頭上的火一閃一閃的，像親密的低語，只有自己聽得出。要是生氣，也不妨遷怒一下，使勁兒吸他十來口。客來了，若你倦了說不得話，或者找不出可說的，乾坐着豈不着急？這時候最好拈起一支煙將嘴堵上，等你對面的人。若是他也這麼辦，便儘時間在煙子裏爬過去。各人抓着一個新伴兒，大可以盤桓一會的。

從前抽水煙旱煙，不過一種不傷大雅的嗜好，現在抽煙卻成了派頭。抽煙捲兒指頭黃了，由它去。用煙嘴不獨麻煩，也小氣，又跟煙隔得那麼老遠的。今兒大褂上一個窟窿，明兒坎肩上一個，由他去。一支煙裏的尼古丁可以毒死一個小麻雀，也由它去。總之，蹩蹩扭扭的，其實也還是個「滿不在乎」罷了。煙有好有壞，味有濃有淡，能夠辨味的是內行，不擇煙而抽的是大方之家。

冬天

說起冬天，忽然想到豆腐。是一「小洋鍋」（鋁鍋）白煮豆腐，熱騰騰的。水滾着，像好些魚眼睛，一小塊一小塊豆腐養在裏面，嫩而滑，彷彿反穿的白狐大衣。鍋在「洋爐子」（煤油不打氣爐）上，和爐子都熏得烏黑烏黑，越顯出豆腐的白。這是晚上，屋子老了，雖點着「洋燈」，也還是陰暗。圍着桌子坐的是父親跟我們哥兒三個。「洋爐子」太高了，父親得常常站起來，微微地仰着臉，覷着眼睛，從氤氳的熱氣裏伸進筷子，夾起豆腐，一一地放在我們的醬油碟裏。我們有時也自己動手，但爐子實在太高了，總還是坐享其成的多。這並不是喫飯，只是玩兒。父親說晚上冷，喫了大家暖和些。我們都喜歡這種白水豆腐；一上桌就眼巴巴望着那鍋，等着那熱氣，等着熱氣裏從父親筷子上掉下來的豆腐。

又是冬天，記得是陰歷十一月十六晚上，跟S君C君在西湖裏坐小划子，S君剛到杭州教書，事先來信說：「我們要游西湖，不管它是冬天。」那晚月色眞好，現在想起來還像照在身上。本來前一晚是「月當頭」；也許十一月的月亮眞有些特別罷。那時九點多了，湖上似乎只有我們一隻划子。有點風，月光照着軟軟的水波；當間那一溜兒反光，像新砑的銀子。湖上的山只𦞦了淡淡的影子。山下偶爾有一兩星燈火。S君口占兩句詩道：「數星燈火認漁村，淡墨輕描遠黛痕。」我們都不大說話，只有均勻的槳聲。我漸漸地快睡着了。P君「喂」了一下，纔擡起眼皮，看見他在微笑。船夫問要不要上淨寺去；是阿彌陀佛生日，那邊蠻熱鬧的。到了寺裏，殿上燈燭輝煌，滿是佛婆念佛的聲音，好像醒了一場夢。這已是十多年前的事了，S君還常常通着信，P君聽說轉變了好幾次，前年是在一個特稅局裏收特稅了，以後便沒有消息。

在台州過了一個冬天，一家四口子。台州是個山城，可以說在一個大谷裏。只有一條二里長的大街。別的路上白天簡直不大見人；晚上一片漆黑。偶爾人家窗戶裏透出一點燈光，還有走路的拿着的火把；但那是少極了。我們住在山脚下。有的是山上松林裏的風聲，跟天上一隻兩隻的鳥影。夏末到那裏，春初便走，卻好像老在過着冬天似的；可是即便眞冬天，也並不冷。我們住在樓上，書房臨着大路；路上有人說話，可以清清楚楚地聽見。但因爲走路的人太少了，間或有點說話的聲音，聽起來還只當遠風送來的，想不到就在窗外。我們是外路人，除上學校去之外，常只在家裏坐着。妻也慣了那寂寞，只和我們爺兒們守着。外邊雖老是冬天，家裏卻老是春天。有一回我上街去，回來的時候，樓下廚房的大方窗開着，並排地挨着她們母子三個；三張臉都帶着天眞微笑的向着我。似乎台州空空的，只有我們四人；天地空空的，也只有我們四人。那時是民國十年，妻剛從家裏出來，滿自在。

現在她死了快四年了，我卻還老記着她那微笑的影子。

無論怎麼冷，大風大雪，想到這些，我心上總是溫暖的。

擇偶記

自己是長子長孫，所以不到十一歲就說起媳婦來了。那時對於媳婦這件事簡直茫然，不知怎麼一來，就已經說上了。是曾祖母娘家人，在江蘇北部一個小縣分的鄉下住着。家裏人都在那裏住過很久，大概也帶着我；只是太笨了，記憶裏沒有留下一點影子。祖母常常躺在煙榻上講那邊的事，提着這個那個鄉下人的名字。起初一切都像只在那白騰騰的煙氣裏。日子久了，不知不覺熟悉起來了，親暱起來了。除了住的地方，當時覺得那叫做「花園莊」的鄉下實在是最有趣的地方了。因此聽說媳婦就定在那裏，倒也彷彿理所當然，毫無意見。每年那邊田上有人來，藍布短打扮，啣着旱煙管，帶好些大麥粉，白薯乾兒之類。他們偶然也和家裏人提到那位小姐，大概比我大四歲，個兒高，小脚；但是那時我熱心的其實還是那些大麥粉和白薯乾兒。

記得是十二歲上，那邊捎信來說小姐癆病死了。家裏並沒有人嘆惜；大約他們看見她時她還小，年代一多，也就想不淸是怎樣一個人了。父親其時在外省做官，母親頗爲我親事着急，便託了常來做衣服的裁縫做媒。爲的是裁縫走的人家多，而且可以看見太太小姐。主意並沒有錯，裁縫來說一家人家，有錢，兩位小姐，一位是姨太太生的；他給說的是正太太生的大小姐。他說那邊要相親。母親答應了，定下日子，由裁縫帶我上茶館。記得那是冬天，到日子母親讓我穿上棗紅甯綢袍子，黑甯綢馬褂，戴上紅帽結兒的黑緞瓜皮小帽，又叮囑自己留心些。茶館裏遇見那位相親的先生，方面大耳，同我現在年紀差不多，布袍布馬褂，像是給誰穿着孝。這個人倒是慈祥的樣子，不住地打量我，也問了些念什麼書一類的話。回來裁縫說人家看得很細：說我的「人中」長，不是短壽的樣子，又看我走路，怕脚上有毛病。總算讓人家看中了，該我們看人家了。母親派親信的老媽子去。老媽子的報告是，大小姐個兒比我大得多，坐下去滿滿一圈椅；二小姐倒苗苗條條的。母親說胖了不能生育，像親戚裏誰誰誰；教裁縫說二小姐。那邊似乎生了氣，不答應，事情就擱了。

母親在牌桌上遇見一位太太，她有個女兒，透着聰明伶俐。母親有了心，回家說那姑娘和我同年，跳來跳去的，還是個孩子。隔了些日子，便託人探探那邊口氣。那邊做的官似乎比父親的更小，那時正是光復的前年，還講究這些，所以他們樂意做這門親。事情已到九成九，忽然出了岔子。本家叔祖母用的一個寡婦老媽子熟悉這家子的事，不知怎麽教母親打聽着了。叫她來問，她的話遮遮掩掩的。到底問出來了，原來那小姑娘是抱來的，可是她一家很寵她，和親生的一樣。母親心冷了。過了兩年，聽說她已生了癆病，吸上鴉片煙了。母親說，幸虧當時沒有定下來。我已懂得一些事了，也這末想着。

光復那年，父親生傷寒病，請了許多醫生看。最後請着一位武先生，那便是我後來的岳父。有一天，常去請醫生的聽差回來說，醫生家有位小姐。父親既然病着，母親自然更該擔心我的事。一聽這話，便追問下去。聽差原只順口談天，也說不出個所以然。母親便在醫生來時，教人問他轎夫那位小姐是不是他家的。轎夫說是的。母親便和父親商量，託舅舅問醫生的意思。那天我正在父親病榻旁，聽見他們的對話。舅舅問明了小姐還沒有人家，便說像×翁這樣人家怎末樣？醫生說很好呀。話到此爲止，接着便是相親；還是母親那個親信的老媽子去。這回報告不壞，說就是脚大些。事情這樣定局，母親教轎夫回去說，讓小姐裹上點兒脚。妻嫁過來後，說相親的時候早躲開了，看見的是另一個人。至於轎夫揹的信兒，卻引起了一段小小風波。岳父對岳母說，早教你給她裹脚，你不信；瞧人家怎末說來着！岳母說，偏偏不裹，看他家怎末樣！可是到底採取了折衷的辦法，直到妻嫁過來的時候。

二十三年三月作。

南京

南京是值得留連的地方，雖然我只是來來去去，而且又都在夏天。也想誇說誇說，可惜知道的太少；現在所寫的，只是一個旅行人的印象罷了。

逛南京像逛古董鋪子，到處都有些時代侵蝕的遺痕。你可以摩挲，可以憑弔，可以悠然遐想；想到六朝的興廢，王謝的風流，秦淮的豔跡。這些也許只是老調子，不過經過自家一番體貼，便不同了。所以我勸你上雞鳴寺去，最好選一個微雨天或月夜。在朦朧裏纔醞釀着那一縷幽幽的古味。你坐在一排明窗的豁蒙樓上，吃一碗茶，看面前蒼然蜿蜒着的臺城。臺城外明淨荒寒的玄武湖就像大滌子的畫。豁蒙樓一排窗子安排得最有心思，讓你看的一點不多，一點不少。寺後有一口灌園的井，可不是那陳後主和張麗華躲在一堆兒的「胭脂井。」那口胭脂井不在路邊，得破費點工夫尋覓。井欄也不在井上；要看，得老遠地上明故宮遺址的古物保存所去。

從寺後的園地，揀着路上臺城；沒有垛子，眞像平臺一樣。踏在茸茸的草上，說不出的靜。夏天白晝有成羣的黑蝴蝶，在微風裏飛；這些黑蝴蝶上下旋轉地飛，遠看像一根粗的圓柱子。城上可以望南京的每一角。這時候若有個熟悉歷代形勢的人給你指點，隋兵是從這角進來的，湘軍是從那角進來的，你可以想像異樣裝束的隊伍，打着異樣的旗幟，拿着異樣的武器，洶洶湧湧地進來，遠遠彷彿還有哭喊之聲。假如你記得一些金陵懷古的詩詞，趁這時候暗誦幾回，也可印證印證，許更能領略作者當日的情思。

從前可以從臺城爬出去，到玄武湖邊；若是月夜，兩三個人，兩三個零落的影子，歪歪斜斜地挪移下去，夠多好。現在可不成了，得出寺下山，繞着大彎兒出城。七八年前，湖裏幾乎長滿了葦子，一味地荒寒，雖有好月光，也不大能照到水上；船又窄，又小，又漏，教人逛着愁着。這幾年大不同了，一出城看見湖，就有煙水蒼茫之意；船也大多了，有藤椅子可以躺着。水中岸上都光光的；虧得湖裏有五個洲子點綴着，不然便一覽無餘了。這裏的水是白的，又有波瀾，儼然長江大河的氣勢，與西湖的靜綠不同。最宜於看月，一片空濛，無邊無界。若在微醺之後，迎着小風，似睡非睡地躺在藤椅上，聽着船底汩汩的波響與不知何方來的簫聲，眞會教你忘卻身在那裏。五個洲子似乎都局促無可看，但長隄宛轉相通，卻値得走走。湖上的櫻桃最出名。據說櫻桃熟時，游人在樹下現買現摘，現喫，談着笑着，多熱鬧的。

清涼山在一個角落裏，似乎人跡不多。掃葉樓的安排與豁蒙樓相髣髴，但窗外的景象不同。這裏是滴綠的山環抱着，山下一片滴綠的樹；那綠色眞是撲到人眉宇上來。若許我再用畫來比，這怕像王石谷的手筆了。在豁蒙樓上不容易坐得久，你至少要上臺城去看看；在掃葉樓上卻不想走，窗外的光景好像滿爲這座樓而設，一上樓便什麼都有了。夏天去確有一股「清涼」味。這裏與豁蒙樓全有素麵吃，又可口，又賤。

莫愁湖在華巖菴裏。湖不大，又不能泛舟，夏天卻有荷花荷葉。臨湖一帶屋子，憑欄眺望，也頗有遠情。莫愁小像，在勝棋樓下，不知誰畫的，大約不很古罷；但臉子開得秀逸之至，衣褶也柔活之至，大有「揮袖凌虛翔」的意思；若讓我題，我將毫不躊躇的寫上「仙乎仙乎」四字。另有石刻的畫像，也在這裏；想來許是那一幅畫所從出；但生氣反而差得多。這裏雖也臨湖，因為屋子深，顯得陰暗些；可是古色古香，陰暗得好。詩文聯語當然多，只記得王湘綺的半聯云：「莫輕他北地胭脂，看艇子初來，江南兒女無顏色」，氣概很不錯。所謂勝棋樓，相傳是明太祖與徐達下棋，徐達勝了，太祖便賜給他這一所屋子。太祖那樣人，居然也會做出這種雅事來了。左手臨湖的小閣卻敞亮得多，也敞亮得好。有曾國藩畫像，忘記是誰橫題着「江天小閣坐人豪」一句。我喜歡這個題句，「江天」與「坐人豪」景象闊大，使得這屋子更加開朗起來。

秦淮河我已另有記。但那文裏所說的情形，現在已大變了。從前讀桃花扇，板橋雜記一類書，頗有滄桑之感；現在想到自己十多年前身歷的情形，怕也會有滄桑之感了。前年看見夫子廟前舊日的畫舫，那樣狼狽的樣子，又在老萬全酒棧看秦淮河水，差不多全黑了，加上巴掌大，透不出氣的所謂秦淮小公園，簡直有些厭惡，再別提做什麼夢了。貢院原也在秦淮河上，現在早拆得只賸一點兒了。民國五年父親帶我去看過，已經荒涼不堪，號舍裏草都長滿了。父親曾經辦過江南闈差，熟悉考場的情形，說來頭頭是道。他說考生入場時，都有送場的，人很多，門口鬧嚷嚷的。天不亮就點名，搜夾帶。大家都歸號。似乎直到晚上，頭場題纔出來，寫在燈牌上，由號軍抗着在各號裏走。所謂「號」，就是一條狹長的胡同，兩旁排列着號舍，口兒上寫着什麼天字號，地字號等等的。每一號舍之大，恰好容一個人坐着；從前人說是像轎子，眞不錯。幾天裏吃飯，睡覺，做文章，都在這轎子裏；坐的伏的各有一塊硬板，如是而已。官號稍好一些，是給達官貴人的子弟預備的，但得補褂朝珠地入場，那時是夏秋之交，天還熱，也夠受的。父親又說，鄉試時場外有兵巡邏，防備通關節。場內也豎起黑旛叫鬼魂們有冤報冤有仇報仇；我聽到這裏，有點毛骨悚然。現在貢院已變成碎石路；在路上走的人，怕很少想起這些事情的了罷？

明故宮只是一片瓦礫場，在斜陽裏看，只感到李太白憶秦娥的「西風殘照，漢家陵闕」二語的妙。午門還殘存着，遙遙直對洪武門的城樓，有萬千氣象。古物保存所便在這裏，可惜規模太小，陳列得也無甚次序。明孝陵道上的石人石馬，雖然殘缺零亂，還可見泱泱大風；享殿並不巍峨，只陵下的隧道，陰森襲人，夏天在裏面歹着，涼風沁人肌骨。這陵大概是開國時草創的規模，所以簡樸得很；比起長陵，差得眞太遠了。然而簡樸得好。

雨花臺的石子，人人皆知；但現在怕也檢不着什麼了。那地方毫無可看。記得劉後村的詩云：『昔年講師何住在，高臺空有「雨花」名。有時寶向泥尋得，一片山無草敢生。』我所感的至多也只如此。還有，前些年南京鎗決囚人都在雨花臺下，所以洋車夫遇見別的車夫和他爭先時，常說，「忙什麼！趕雨花臺去！」這和從前北京車夫說「趕菜市口」

兒」一樣。現在時移勢異，這種話漸漸聽不見了。

燕子磯在長江裏看，一片絕壁危亭翼然的，確驚心動魄。但到了上邊，逼窄污穢，毫無可以盤桓之處。燕山十二洞，去過三個。只三臺洞層層折折，由幽入明，別有匠心，可是也年久失修了。

南京的新名勝，不用說，首推中山陵。中山陵全用青白兩色，以象徵青天白日，與帝王陵寢用紅牆黃瓦的不同。假如紅牆黃瓦有富貴氣，那青琉璃瓦的享堂，青琉璃瓦的碑亭卻有名貴氣。從陵門上享堂，白石臺階不知多少級，但爬得夠累的；然而你遠看，決想不到會有這麼多的臺階兒。這是設計的妙處。德國波蒸達姆無愁宮前的石階，也同此妙。享堂進去也不小；可是遠處看，簡直小得可以，和那白石的飛階不相稱，一點兒壓不住，彷彿高個兒戴着小尖帽。近處山角裏一座陣亡將士紀念塔，粗粗的，矮矮的，正當着一個青青的小山峯，讓兩邊兒的山緊緊抱着，靜極，穩極。——譚墓沒去過，聽說頗有點丘壑。中央運動場也在中山陵近處，全彷外洋的樣子。全國運動會時，也不知有多少照相與描寫登在報上；現在是時髦的游泳的地方。

若要看舊書，可以上江蘇省立圖書館去。這在漢西門龍蟠里，也是一個角落裏。這原是江南圖書館，以丁丙的善本書室藏書爲底子；詞曲的書特別多。此外中央大學圖書館近年來也頗有不少書。中央大學是個散步的好地方，寬大，乾淨，有樹木；黃昏時去兜一個或大或小的圈兒，最有意思。後面有個梅菴，是那會寫字的淸道人的遺跡。這裏只是隨宜的用樹枝搭成的小小的屋子，菴前有一株六朝松，但據說實在是六朝檜；檜陰遮住了小院子，眞是不染一塵。

南京茶館裏干絲很爲人所稱道。但這些人必沒有到過鎭江，揚州，那兒的干絲比南京細得多，又從來不那麼甜。我倒是覺得芝麻燒餅好，一種長圓的，剛出爐，既香且酥，又白，大概各茶館都有。鹹板鴨纔是南京的名產，要熱吃，也是香得好；肉要肥，要厚，纔有咬嚼。但南京人都說鹽水鴨更好，大約取其嫩，其鮮；那是冷吃的，我可不知怎樣，老覺得不大得勁兒。

潭柘寺戒壇寺

早就知道潭柘寺戒壇寺。在商務印書館的北平指南上，見過潭柘的銅圖，小小的一塊，模模糊糊的看了一點沒有想去的意思。後來不斷地聽人說起這兩座廟；有時候說路上不平靜；有時候說路上紅葉好。說紅葉好的勸我秋天去，但也有人勸我夏天去。有一回騎驢上八大處，趕驢的問逛過潭柘沒有，我說沒有。他說潭柘風景好，那兒滿是老道，他去過，離八大處七八十里地，坐轎騎驢都成。我不大喜歡老道的裝束，尤其是那滿蓄着的長頭髮，看上去囉裏囉唆齷裏齷齪的。更不想騎驢走七八十里地，因爲我知道驢子與我都受不了。眞打動我的倒是「潭柘寺」這個名字。不懂不是？就是不懂的妙。躲懶的人念成「潭柘寺，」那更莫名其妙了。這怕是中國文法的花樣；要是來個歐化，說是「潭和柘的寺，」那就用不着咬嚼或吟味了。還有在一部詩話裏看見近人詠戒台松的七古，詩騰挪夭矯，想來松也如此。所以去。但是在夏秋之前的春天，而且是早春；北平的早春是沒有花的。

這纔認眞打聽去過的人。有的說住潭柘好，有的說住戒壇好。有的人說路太難走，走到了筋疲力盡，再沒興致玩兒；有人說走路有意思。又有人說，去時坐了轎子，半路上前後兩個轎夫吵起來，把轎子擱下，直說不擡了。於是心中暗自決定，不坐轎，也不走路；取中道，騎驢子。又按普通說法，總是潭柘寺在前，戒壇寺在後，想着戒壇寺一定遠些；於是決定住潭柘，因爲一天回不來，必得住。門頭溝下車時，想着人多，怕雇不着許多驢，但是並不然——雇驢的時候，纔知道戒壇去便宜一半，那就是說近一半。這時候自己忽然提起能來，要走路。走罷。

這一段路可够瞧的。像是河牀，怎麼也挑不出沒有石子的地方，脚底下老是絆來絆去的，教人心煩。又沒有樹木，甚至於沒有一根草。這一帶原是煤窰，拉煤的大車往來不絕，塵土裹飽和着煤屑，變成黯淡的深灰色，教人看了透不出氣來。走一點鐘光景，自己覺得已經有點辦不了，怕沒有走到便筋疲力盡；幸而山上下來一條驢，如獲至寶似地雇下，騎上去。這一天東風特別大。平常騎驢就不穩，風一大眞是禍不單行。山上東西都有路，很窄，下面是斜坡；本來從西邊走，驢夫看風勢太猛，將驢拉上東路。就這麼着，有一回還幾乎讓風將驢吹倒；若走西邊，沒有準兒會驢我同歸哪。想起從前人畫風雪騎驢圖，極是雅事；大概那不是上潭柘寺去的。驢背上照例該有些詩意，但是我，下有驢子，上有帽子眼鏡，都要照管；又有迎風下淚的毛病，常要掏手巾擦乾。當其時眞恨不得生出第三隻手來纔好。

東邊山峯漸起，風是過不來了；可是驢也騎不得了，說是坎兒多。坎兒可眞多。這時候精神倒好起來了：崎嶇的路正可以練腰脚，處處要眼到心到脚到，不像平地上。人多更有點競賽的心理，總想走上最前頭去；再則這兒的山勢雖然說不上險，可是突兀，醜怪，巉刻的地方有的是。我們說這纔有點兒山的意思；老像八大處那樣，眞教人氣悶悶的。於是一直走到潭柘寺後門；這段坎兒路比風裏走過的長一半，小驢毫無用處，驢夫說：「咳，這不過給您做個伴兒！」

牆外先看見竹子，且不想進去。又密又粗，雖然不够綠。北平看竹子，眞不易。又想到八大處了，大悲菴殿前那一溜兒，薄得可憐，細得也可憐，比起這兒，眞是小巫見大巫了。進去過一道角門，門旁突然亭亭地矗立着兩竿粗竹子，在牆上緊緊地挨著；要用批文章的成語，這兩竿竹子足稱得起「天外飛來之筆」。

正殿屋角上兩座琉璃瓦的鴟吻，在台階下看，値得徘徊一下。神話說殿基本是青龍潭，一夕風雨，頓成平地，湧出兩鴟吻。只可惜現在的兩座太新鮮，與神話的朦朧幽祕的境界不相稱。但是還値得看，爲的是大得好，在太陽裏嫩黃得好，閃亮得好；那拴着的四條黃銅鍊子也映襯得好。寺裏殿很多，層層折折高上去，走起來已經不平凡，每殿大小又不一樣，塑像擺設也各出心裁。看完了，還覺得無窮無盡似的。正殿下延淸閣是待客的地方，遠處羣山像屛障似的。屋子結構甚巧，穿來穿去，不知有多少間，好像一所大宅子。可惜塵封不掃，我們住不着。話說回來，這種屋子原也不是預備給我們這們多人擠着住的。寺門前一道深溝，上有石橋，那時沒有水，若是現在去，倚在橋上聽潺潺的水聲，倒也可以忘我忘世。過橋四株馬尾松，枝枝覆蓋，葉葉交通，另成一個境界。西邊小山上有個古觀音洞，洞無可看，但上去時在山坡上看潭柘的側面，宛如仇十洲的仙山樓閣圖；往下看是陡峭的溝岸，越顯得深深無極。潭柘簡直有海上蓬萊的意味了。寺以泉水著名，到處有石槽引水長流，倒也涓涓可愛。只是流觴亭雅得那樣俗，在石地上楞刻着蚯蚓般的槽；那樣流觴，怕只有孩子們願意幹。現在蘭亭的「流觴曲水」也和這兒的一鼻孔出氣，不過規模大些。晚上因爲帶的鋪蓋薄，凍得睜着眼，卻聽了一夜的泉聲；心裏想要不凍着，這泉聲夠多淸雅啊！寺裏並無一個老道，但那幾個和尙，滿身銅臭，滿眼勢利，敎人老不能忘記，倒也麻煩的。

第二天清早，二十多人滿雇了牲口，向戒壇而去，頗有浩浩蕩蕩之勢。我的是一匹騾子，據說穩得多。這是第一回高高興興騎上去。這一路要翻羅喉嶺，只是土山，可是道兒窄，又曲折；雖不高，老那麼凸凸凹凹的。許多處只容得一匹牲口過去。平心說是險點兒。想起古來用兵，從間道襲敵人，許也是這種光景罷。

戒壇在半山上，山門是向東的。一進去就覺得平曠；南面只有一道低低的磚欄，下邊是一片平原，平原盡處纔是山，與眾山屏蔽的潭柘氣象便不同。進二門，更覺得空闊疏朗，仰看正殿前的平臺，彷彿汪洋千頃。這平臺東西很長，是戒壇最勝處，眼界最寬，教人想起「振衣千仞岡」的詩句。三株名松都在這裏。「臥龍松」與「抱塔松」同是偃仆的姿勢，身軀奇偉，鱗甲蒼然，有飛動之意。「九龍松」老幹槎枒，如張牙舞爪一般。若在月光底下，森森然的松影當更有可看。此地最宜低回流連，不是匆匆一覽所可領略。潭柘以層折勝，戒壇以開朗勝；但潭柘似乎更幽靜些。戒壇的和尚，春風滿面，卻遠勝於潭柘的；我們之中頗有悔不該住潭柘的。戒壇後山上也有個觀音洞。洞寬大而深，大家點了火把嚷嚷鬧鬧地下去半里光景的洞滿是油煙，滿是聲音。洞裏有石虎石龜，上天梯，海眼等等，無非是湊湊人的熱鬧而已。

還是騎騾子回到長辛店的時候，兩條腿幾乎不是我的了。

乙輯

憶*跋

*俞平伯作

小燕子其實也無所愛，
只是沈浸在朦朧而飄忽的夏夜夢裏吧了。

——憶第三十五首——

人生若眞如一場大夢，這個夢倒也很有趣的。在這個大夢裏，一定還有長長短短，深深淺淺，肥肥瘦瘦，甜甜苦苦，無數無數的小夢。有些已經隨着日影飛去；有些還遠着哩。飛去的夢便是飛去的生命，所以常常留下十二分的惋惜在人們心裏。人們往往從「現在的夢」裏走出，追尋舊夢的踪跡，正如追尋舊日的戀人一樣；他越過了千重山，萬重水，一直的追尋去。這便是「憶的路。」「憶的路」是愈過愈廣闊的，是愈過愈平坦的；曲曲折折的路旁，隱現着幾多的驛站，是行客們休止的地方。最後的驛站，在白板上寫着朱紅的大字：「兒時。」這便是「憶的路」的起點，平伯君所徘徊而不忍去的。

飛去的夢因爲飛去的緣故，一例是甜蜜蜜而又酸溜溜的。這便合成了別一種滋味，就是所謂惆悵。而「兒時的夢」和現在差了一世界，那醞釀着的惆悵的味兒，更其肥腴得可以，直膩得人没法兒！你想那顆一絲不掛卻又愛着一切的童心，眼見得在那隱約的朝霧裏，憑你怎樣招着你的手兒，總是不回到腔子裏來；這是多麼「缺」呢？於是平伯君覺着悶的慌，便老老實實的，像春日的輕風在綠樹間微語一般，低低的，密密的將他的可憶而不可捉的「兒時」訴給你。他雖然不能長住在那「兒時」裏，但若能多招呼幾個伴侶去徘徊幾番，也可略減他的空虛之感，那惆悵的味兒便不至老在他的舌本上膩着了。這是他的聊以解嘲的法門，我們都多少能默喻的。

在朦朧的他兒時的夢裏，有像紅蠟燭的光一跳一跳的，便是愛。他愛故事講得好的姊姊，他愛唱沙軟而重的眠歌的乳母，他愛流蘇帽兒的她。他也愛翠竹叢裏一萬的金點子和小枕頭邊一雙小紅橘子；也愛紅綠色的蠟淚和爸爸的頂大的斗篷；也愛翦啊翦啊的燕子和躲在楊柳裏的月亮……他有着純眞的，爛漫的心；凡和他接觸的，他都與他們諗熟親密——他一例地擁抱了他們。所以他是自然（人也在內）的眞朋友！❶

他所愛的還有一件，也得給你提明的，便是黃昏與夜。他說他將像小燕子一樣，沈浸在夏夜夢裏，便是分明的自白。在他的「憶的路」上，在他的「兒時」裏，滿布着黃昏與夜的顏色。夏夜是銀白色的，帶着梔子花兒的香；秋夜是鐵灰色的，有青色的油盞火的微芒；春夜最熱鬧的是上燈節，有各色燈的輝煌，小燭的搖蕩；冬夜是數除夕了，紅的，綠的，淡黃的顏色，便是年的衣裳。在這些夜裏，他那生活的模樣兒啊，短短兒的身材，肥肥兒的個兒，甜甜兒的面孔，有着淺淺的笑渦；這就是他的夢，也正是多麼可愛的一個孩子！至於那黃昏，都籠罩着銀紅衫兒流蘇帽兒的她的朦朧影，自然也是可愛的！——但是，他爲甚麼愛夜呢？聰明的你得問了。我說夜是渾融的，夜是神祕的，夜張開了她無長不長的兩臂擁抱着所有的所有的，但你卻瞅不着她的面目，摸不着她的下巴；這便因可驚而覺着十三分的可愛。堂堂的白日，界畫分明的白日，分割了愛的白日，豈能如她的繫着孩子的心呢？夜之國，夢之國，正是孩子的國呀，正是那時的平伯君的國呀！

平伯君說他的憶中所有的，卽使是薄薄的影，只要它們歷歷而可畫，他便搖動了那風魔了的眷念。他說「歷歷而可畫，」原是一句綺語；誰知後來眞有爲他「歷歷畫出」的子愷君呢？他說「薄薄的影，」自是撝謙的話；但這一個「影」字卻是以實道實，確切可靠的。子愷君便在影子上着了顏色——若根據平伯君的話推演起來，子愷君可說是厚其所薄了。影子上着了顏色，確乎格外分明——我們不但能用我們的心眼看見平伯君的夢，更能用我們的肉眼看見那些夢，於是更搖動了平伯君以外的我們的風魔了的眷念了。而夢的顏色加添了夢的滋味；便是平伯君自己，因這一畫啊，只怕也要重落到那悶人的，膩膩的惆悵之中而難以自解了！至於我，我呢，在這雙美之前，只能重複我的那句老話：「我的光榮啊，我若有光榮啊！」

我的兒時現在眞祇賸了「薄薄的影」。我的「憶的路」幾乎是直如矢的；像被大水洗了一般，寂寞到可驚的程度！這大約因爲我的兒時實在太單調了；沙漠般展伸着，自然沒有我的「依戀」迴翔的餘地了。平伯君有他的好時光，而以不能重行占領爲恨；我是并沒有好時光，說不上占領，我的空虛之感是兩重的！但人生畢竟是可以相通的；平伯君訴給我們他的「兒時」，子愷君又畫出了它的輪廓，我們深深領受的時候，就當是我們自已所有的好了。「你的就是我的，我的就是你的，」豈止「慰情聊勝無」呢？培根說：「讀書使人充實」；在另一意義上，你容我說吧，這本小小的書確已使我充實了！

❶此節和下節中的形容語，多從作者原詩中剌取；一一加起引號，覺着繁瑣，所以在此總說一句。

十三，八，十七，溫州。

「山野掇拾*」

孫福熙作

我最愛讀游記。現在是初夏了；在游記裏卻可以看見爛漫的春花，舞秋風的落葉……——都是我惦記着盼望着的！這兒是白馬湖；讀游記的時候，我卻能到神聖莊嚴的羅馬城，純樸幽靜的 Loisieux 村——都是我羨慕着想像着的！游記裏滿是夢：「後夢趕走了前夢，前夢又趕走了大前夢，」❶這樣地來了又去，來了又去；像樹梢的新月，像山後的晚霞，像田間的螢火，像水上的簫聲，像隔座的茶香，像記憶中的少女，這種種都是夢。我在中學時，便讀了康更甡的歐洲十一國游記——實在只有(?)意大利游記——當時做了許多好夢；邦溿古城最是我低徊留戀而不忍去的！那時柳子厚的山水諸記，也常常引我入勝。後來得見洛陽伽藍記，記諸寺的繁華壯麗，令我神往；又得見水經注，所記奇山異水，或令我驚心動魄，或讓我游目騁懷。（我所謂「游記」，意義較通用者稍廣，故將後兩種也算在內。）這些或記風土人情，或記山川勝跡，或記「美好的昔日」，或記美好的今天，都有或濃或淡的彩色，或工或潑的風致。而我近來讀山野掇拾，和這些又是不同：在這本書裏，寫着的只是「大陸的一角」，「法國的一區」[2]並非特著的勝地，膾炙人口的名所；所以一空依傍，所有的好處都只是作者自己的發見！前舉幾種中，只有柳子厚的諸作也是如此寫出的；但柳氏僅記風物，此書卻兼記文化——如 Vicard 序中所言。所謂「文化」，也並非在我們平日意想中的龐然巨物，只是人情之美；而書中寫 Loisieux 村的文化，實較風物為更多：這又有以異乎人。而書中寫 Loisieux 村的文化，實在也非寫 Loisieux 村的文化，只是作者孫福熙先生暗暗地巧巧地告訴我們他的哲學，他的人生哲學。所以寫的是「法國的一區」，寫的也就是他自己！他自己說得好：

我本想儘量掇拾山野風味的，不知不覺的掇拾了許多掇拾者自己。（原書二六一頁。）

但可愛的正是這個「自己」，可貴的也正是這個「自己」！

❶ 唐俟先生詩句。

❷ 序中語。

孫先生自己說這本書是記述「人類的大生命分配於他的式樣」的，我們且來看看他的生命究竟是什麼式樣？世界上原有兩種人：一種是大刀闊斧的人，一種是細鍼密線的人。前一種人眞是一把「刀」，一把斬亂麻的快刀！什麼糾紛，什麼葛藤，到了他手裏，都是一刀兩斷！——正眼也不去瞧，不用說龔他理紛解結了！他行事只看準幾條大幹，其餘的萬千枝葉，都一掃個精光；所謂「擒賊必擒王」，也所謂「以不了了之」！英雄豪傑是如此辦法：他們所圖遠大，是不屑也無暇顧念那些瑣細的節目！蠢漢笨伯也是如此辦法，他們卻只圖省事！他們的思力不足，不足剖析入微，鞭辟入裏；如兩個小兒爭鬧，做父親的更不思索，便照例每人給一個耳光！這眞是「不亦快哉！」但你我若既不能爲英雄豪傑，又不甘做蠢漢笨伯，便自然而然只能企圖做後一種人。這種人凡事要問底細；「打破沙缸問到底！還要問沙缸從那裏起？」❶他們於一言一動之微，一沙一石之細，都不輕輕放過！從前人將桃核雕成一隻船，船上有蘇東坡，黃魯直，佛印等；或於元旦在一粒芝蔴上寫「天下太平」四字，以驗目力：便是這種脾氣的一面。他們不注重一千一萬，而注意一毫一釐；他們覺得這一毫一釐便是那一千一萬的具體而微——只要將這一毫一釐看得透徹，正和照相的放大一樣，其餘也可想見了。他們所以於每事每物，必要拆開來看，拆穿來看；無論錙銖之別，淄澠之辨，總要看出而後已。正如顯微鏡一樣，這樣可以辨出許多新異的滋味，乃是他們獨得的祕密！總之，他們對於怎樣微渺的事物都覺吃驚；而常人則熟視無覩！故他們是常人而又有以異乎常人。這兩種人——孫先生，畫家，若容我用中國畫來比，我將說前者是「潑筆」，後者是「工筆」。孫先生自己是「工筆」，是後一種人。

他的朋友號他爲「細磨細琢的春台」，眞不錯，他的全部都在這兒了！他紀念他的姑母和父親，他說他們以細磨細琢的工夫傳授給他，然而他遠不如他們了。從他的父親那裏，他「知道一句話中，除字面上的意思之外，還有別的話在這裏邊，只聽字面，還遠不能聽懂說話者的意思哩。」❷這本書的長處，也就在「別的話」這一點；乍看豈不是淡淡的？緩緩咀嚼一番，便會有濃密的滋味從口角流出！你若看過瀼瀼的朝露，皺皺的水波，茫茫的冷月，薄薄的女衫，你若吃過上好的皮絲，鮮嫩的毛筍，新製的龍井茶：你一定懂得我的話。

❶ 係我們的土話。

❷ 原書一七一頁。

我最覺得有味的是孫先生的機智。孫先生收藏的本領眞好！他收藏着怎樣多的雖微末卻珍異的材料，就如慈母收藏果餌一樣；偶然拈出一兩件來，令人驚異他的富有！其實東西本不稀奇，經他一收拾，便覺不凡了。他於人們忽略的地方，加倍地描寫，使你於平常身歷之境，也會有驚異之感。他的選擇的工夫又高明；那分析的描寫與精彩的對話，足以顯出他敏銳的觀察力。所以他的書既富於自己的個性，一面也富於他人的個性，無怪乎他自己也會覺得他的富有了。他的分析的描寫含有論理的美，就是精嚴與圓密；像一個紮縛停當的少年武士，英姿颯爽而又嫵媚可人！又像醫生用的小解剖刀，銀光一閃，骨肉判然！你或者覺得太瑣屑了，太膩煩了；但這不是膩煩和瑣屑，這乃是悠閑(Idle)。悠閑也是人生的一面，其必要正和不悠閑一樣！他的對話的精彩，也正在悠閑這一面。這纔眞是 Loisieux 村人的話，因爲眞的鄉村生活是悠閑的。他在這些對話中，介紹我們面晤一個個活潑潑的 Loisieux 村人！總之，我們讀這本書，往往能由幾個字或一句話裏，窺見事的全部，人的全性；這便是我所謂「孫先生的機智」了。孫先生是畫家。他從前有過一篇游記，以「畫」名文，題爲「赴法途中漫畫」❶，篇首有說明，深以作文不能如作畫爲恨。其實他只是自謙；他的文幾乎全是畫，他的作文便是以文字作畫！他敘事，抒情，寫景，固然是畫；就是說理，也還是畫。人家說「詩中有畫，」孫先生是文中有畫；不但文中有畫，畫中還有詩，詩中還有哲學。

❶曾載晨報副刊及新潮。

我說過孫先生的畫工，現在再來說他的詩意——畫本是「無聲詩」呀。他這本書是寫民間樂趣的；但他有些什麽樂趣呢？採葡萄的落後是一；畫風柳，紙鳶風吹，畫瀑布，紙爲水濺是二；與綠的蚱蜢，黑的螞蟻等「合畫」是三。這些是他已經說出的，但重要的是那未經說出的「別的話」：他愛村人的性格，那純樸，溫厚，樂天，勤勞的性格。他們「反直不想與人相打，」他們不畏縮，不鄙夷，愛人而又自私，藏匿而又坦白；他們只是作工，只是太作工，「眞的不要自己的性命！」❶——非爲衣食，也非不爲衣食，只是渾然的一種趣味。這些正都是他們健全的地方！你或者要笑他們沒有理想，如書中R君夫婦之笑他們雇來的工人❷但「沒有理想」的可笑，不見得比「有理想」的可笑更甚——在現在的我們，「原始的」與「文化的」實覺得一般可愛。而這也並非全爲了對比的趣味，「原始的」實是更近於我們所常讀的詩，實是「別有繫人心處」！譬如我讀這本書，就常常覺得是在讀面熟得很的詩！「村人的性格」還有一個「聯號」，便是「自然的風物」孫先生是畫家，他之愛自然的風物，是不用說的；而自然的風物便是自然的詩，也似乎不用說的。孫先生是畫家，他更愛自然的動象，說也是一種社會的變幻。他愛風吹不絕的柳樹，他愛水珠飛濺的瀑布，他愛綠的蚱蜢，黑的螞蟻，赭褐的六足四翼不曾相識的東西；它們雖怎樣地困苦，他但卻是活的畫，生命的詩！——在人們裏，他最愛老年人和小孩子。他敬愛辛苦一生至今扶杖也不能行了的老年人，他更羨慕見火車而抖的小孩子。❸是的，老年人如已熟的果樹，滿垂着沈沈的果實，任你去摘了吃；你只要眼睛亮，手法好，必能果腹而回！小孩子則如剛打朵兒的花，蘊藏着無窮的允許：這其間有紅的，綠的，有濃的，淡的，有小的，大的，有單瓣的，重瓣的，有香的，有不香的，有努力開花的，有努力結實的——結女人臉的蘋菓，黃金的梨子，珠子般的紅櫻桃，瓔珞般的紫葡萄……而小姑娘尤爲可愛！——讀了這本書的，誰不愛那叫喊尖利的「啊！」的小姑娘呢？其實胸懷潤朗的人，什麼於他都是朋友：他覺得一切東西裏都有些意思，在習俗的衣裳底下，躲藏着新鮮的身體。憑着這點意思去發展自己的生活，便是詩的生活。「孫先生的詩意」也便在這兒。

❶ 原書一二四頁。

❷ 原書一二八頁。

❸ 原書二五三頁。

在這種生活的河裏伏流着的，便是孫先生的哲學了。他是個含忍與自制的人，是個中和的（Moderate）人；他不能脫離自己，同時卻也理會他人。他要「盡量的理會他人的苦樂，——或苦中之樂，或樂中之苦，——免得眼睛生在額上的鄙夷他人，或脅肩諂笑的阿諛他人。」❶因此他論城市與鄉村，男子與女子，團體與個人，都能尋出他們各自的長處與短處。但他也非一味寬容的人，像「爛麵糊盆」一樣；他是不要階級的，他同情於一切——便是牛也非例外！他說：

我們住在宇宙的大鄉土中，一切孩兒都在我們的心中；沒有一個鄉土不是我的鄉土，沒有一個孩兒不是我的孩兒！（原書六四頁。）

這是最大的「寬容」，但是只有一條路的「寬容」——其實已不能叫做「寬容」了。在這「未完的草稿」的世界之中，他雖還免不了疑慮與鄙夷，他雖鄙夷人間的爭鬧，以爲和三個小蟲的權利問題一樣；❷但他到底能從他的「淚珠的鏡中照見自己以至於一切大千世界的將來的笑影了。」❸他相信大生命是有希望的；他相信便是那「沒有果實也沒有花」的老蘋菓樹，那「只有折斷而且曾經枯萎的老幹上所生的稀少的枝葉」的老蘋菓樹，「也預備來年開得比以前更繁榮的花，結得更香美的果！」❹在他的頭腦裏世界是不會陳舊的，因爲他能夠常常從新做起；他並不長噓短歎，叫着不足，他只盡他的力做就是了。他教中國人不必自餒；❺眞的，他眞是個不自餒的人！他寫出這本書是不自餒，他別的生活也必能不自餒的！或者有人說他的思想近乎「圓通」，但他的本意只是「中和」，並無容得下「調和」的餘地；他既「從來不會做所謂漂亮及出風頭的事」，❻自然只能這樣緩緩地鍥而不舍地去開墾他的樂土！這和他的書筆詩情，同爲他的「細磨細琢的功夫」的表現。

❶ 原書二六五頁。

❷ 原書一三九頁。

❸ 原書一五九—一六〇頁。

❹ 原書二二八頁。

❺ 原書五一—二頁。

❻ 原書六〇頁。

書中有孫先生的幾幅畫。我最愛「在夕陽的撫弄中的湖景」一幅；那是色彩的世界！而本書的裝飾與安排，正如湖景之因夕陽撫弄而可愛，也因孫先生撫弄（若我猜得不錯）而可愛！在這些裏，我們又可以看見「細磨細琢的春台」呢。

十四年六月。

子愷漫畫*代序

*豐子愷作

子愷兄：

知道你的漫畫將出版，正中下懷，滿心歡喜。

你總該記得有一個黃昏，白馬湖上的黃昏。在你那間天花板要壓到頭上來的，一顆骰子似的客廳裏，你和我讀着竹久夢二的漫畫集。你告訴我那篇序做得有趣，並將其大意譯給我聽。我對於畫，你最明白，徹頭徹尾是一條門外漢。但對於漫畫，卻常常要像煞有介事地點頭或搖頭；而點頭的時候總比搖頭的時候多——雖沒有統計，我肚裏有數。那一天我自然也亂點了一回頭。

點頭之餘，我想起初看到一本漫畫，也是日本人畫的。裏面有一幅，題目似乎是「□

口子爵の淚」（上兩字已忘記）畫着一個微側的半身像，他嚴肅的臉上戴着眼鏡，有三五顆雙鉤的淚珠兒滴滴搭搭歷歷落落地從眼睛裏掉下來。我同時感到偉大的壓迫和輕鬆的愉悅，一個奇怪的矛盾！夢二的畫有一幅——大約就是那畫集裏的第一幅——也使我有類似的感覺。那幅的題目和內容，我的記性眞不爭氣，已經模糊得很。只記得畫幅下方的左角或右角裏，並排地畫着極粗極肥又極短的一個「！」和一個「？」。可惜我不記得他們哥兒倆誰站在上風，誰站在下風。我明白（自己要臉）他們倆就是整個兒的人生的謎；同時又覺着像是那兒常常見着的兩個胖孩子。我心眼裏又是糖漿，又是薑汁，說不上是什麽味兒。無論如何，我總得驚異；塗呀抹的幾筆，便造起個小世界，使你又要嘆氣又要笑。嘆氣雖是輕輕的，笑雖是微微的，似一把鋒利的裁紙刀，戳到喉嚨裏去，便可要你的命。而且同時要笑又要嘆氣，眞是不當人子，鬧着頑兒！

話說遠了。現在只問老兄，那一天我和你說什麽來着？——你覺得這句話有些兒來勢洶洶，不易招架麼？不要緊，且看下文——我說：「你可和夢二一樣，將來也印一本。」你大約不會說什麼；是的，你老是不說什麼的。我之說這句話，也並非信口開河，我是真的那麼盼望着的。況且那時你的小客廳裏，互相垂直的兩壁上，早已排滿了那小眼睛似的漫畫的稿；微風穿過它們間時，幾乎可以聽出颯颯的聲音。我說的話，便更有把握。現在將要出版的子愷漫畫，他可以證明我不會說謊話。

你這本集子裏的畫，我猜想十有八九是我見過的。我在南方和北方與幾個朋友空口白嚼的時候，有時也嚼到你的漫畫。我們都愛你的漫畫有詩意；一幅幅的漫畫，就如一首首的小詩——帶核兒的小詩。你將詩的世界東一鱗西一爪地揭露出來，我們這就像喫橄欖似的，老覺着那味兒。「花生米不滿足」使我們回到憊懶的兒時，「黃昏」使我們沈入悠然的靜默。你到上海後的畫，卻又不同。你那和平愉悅的詩意，不免要攙上了胡椒末；在你的小小的畫幅裏，便有了人生的鞭痕。我看了「病車」，嘆氣比笑更多，正和那天看夢二的畫時一樣。但是，老兄，眞有你的，上海到底不會太委屈你，瞧你那「買櫻子」的勁兒！你的畫裏也有我不愛的：如那幅「樓上黃昏，馬上黃昏」，樓上與馬上的實在隔得太近了。你畫過的憶裏的小孩子，他也不贊成。

今晚起了大風。北方的風可不比南方的風，使我心裏擾亂；我不再寫下去了。

十一月二日，北京。

「白采的詩」

——羸疾者的愛——

愛倫坡說沒有長詩這樣東西；所謂長詩，只是許多短詩的集合吧了。因爲人的情緒只有很短的生命，不能持續太久；在長詩裏要體驗着一貫的情緒是不可能的。這裏說的長詩，大約指荷馬史詩，彌爾登失樂園一類作品而言；那些誠哉是洋洋巨篇。不過長詩之長原無一定，其與短詩的分別只在結構的鋪張一點上。在鋪張的結構裏，我們固然失去了短詩中所有的「單純」和「緊湊」，但卻新得着了「繁複」和「恢廓」。至於情緒之不能持續着一致的程度，那是必然；但讓它起起伏伏，有方方面面的轉折——以許多小生命合成一大生命流，也正是一種意義呀。愛倫坡似乎僅見其分，未見其合，故有無長詩之論。實則一篇長詩，固可說由許多短篇集成，但所以集成之者，於各短篇之外，仍必有物：那就是長詩之所以爲長詩。

在中國詩裏，像荷馬彌爾登諸人之作是沒有的；便是較爲鋪張的東西，似乎也不多。新詩興起以後，也正是如此。可以稱引的長篇，眞是寥寥可數。長篇是不容易寫的；所謂鋪張，也不專指橫的一面，如中國所謂「賦」也者；是兼指縱的進展而言的。而且總要深美的思想做血肉纔行。以這樣的見地來看長篇的新詩，去年出版的「白采的詩」是比較的能使我們滿意的。「白采的詩」實在只是羸疾者的愛一篇詩。這是主人公「羸疾者」和四個人的對話：在這些對話裏，作者建築了一段故事；在這段故事裏，作者將他對於現在世界的詛咒和對於將來世界的憧憬，放下去做兩塊基石。這兩塊基石是從人跡罕到的僻遠的山角落裏來的，所以那故事的建築也不像這世間所有；使我們不免要吃一驚，在乍一寓目的時候。主人公「羸疾者」是生於現在世界而做着將來世界的人的；他獻身於生之尊嚴，而不妥協地沒落下去。說是狂人也好，匪徒也好，妖怪也好，他實在是個最誠實的情人！他的「愛」別看輕了是「羸疾者的，」實在是脫離了現世間一切愛的方式而獨立的；這是最純潔，最深切的，無我的愛，而且不祇是對於個人的愛——將來世界的憧憬，也便在這裏。主人公雖是「羸疾者，」但你看他的理想是怎樣健全，他的言語又怎樣明白清楚。他的見解即使是「過求艱深，」如他的朋友所說；他的言語卻決不「太茫昧」而「晦澀難解，」如他的朋友所說：這種深入顯出的工夫，使這樣奇異的主人公能與我們親近，讓我們逐漸的了解他，原諒他，敬重他，最後和他作同聲之應。他是個會說話的人，用了我們平常的語言，敘述他自己特殊的理想，使我們不由不信他；他的可愛的地方，也就在這裏。

故事是這樣的：主人公「羸疾者」本來是愛這個世界的；但他「用情太過度了，」「採得的只有嘲笑的果子。」他失望了，他厭倦了，他不能隨俗委蛇，他的枯冷的心裏只想着自己的毀滅！正在這個當兒，他從漂泊的途中偶然經過了一個快樂的村莊，「遇見那慈祥的老人，同他的一個美麗的孤女。」他們都把愛給他；他因自己已是一個羸疾者，不配享受人的愛，便一一謝絕。本篇的開場正是那老人最後向主人公表明他的付託，她的傾慕；老人說得舌敝脣焦，他終於固執自己的意見，告別而去。她卻不對他說半句話，只出着眼淚。但他早聲明了，他是不能用他的手拭乾她的眼淚的。「這怪誕的少年」回去見了他的母親和伙伴，告訴他們他那「不能忘記的」「只有一次」的奇遇，以及他的疑懼和憂慮。但他們都是屬於「中庸」的類型的人；所以母親勸他「彌縫，」伙伴勸他「諉諉隱忍。」但這又有何用呢？愛他的那「孤女」撇下了垂老的父親，不辭窵遠地跋涉而來；他卻終於說，「我不敢用我殘碎的愛愛你了！」他說他將求得「毀滅」的完成，償足他羸疾者的缺憾。他這樣了結了他的故事，給我們留下了永不解決的一幕悲劇；也便是他所謂「永久的悲哀。」

這篇詩原是主人公「羸疾者」和那慈祥的老人，他的母親，他的伙伴，那美麗的孤女，四個人的對話。在這些對話裏他放下理想的基石，建築起一段奇異的故事。我已說過了。他建築的方術頗是巧妙：開場時全以對話人的氣象暗示事件的發展，不用一些敘述的句子；卻使我們鳥瞰了過去，尋思着將來。這可見他彌滿的精力。到第二節對話中他纔將往事的全部告訴我們，我們以爲這就是所有的節目了。但第三節對話裏，他又將全部的往事說給我們，這卻另是許多新的節目；這纔是所有的節目了。其實我們讀第一節時，已知道了這件事的首尾，並不覺得缺少；到第三節時，雖增加了許多節目，卻也並不覺得繁多——而且無重複之感，只很自然地跟着作者走。我想這是一件有趣的事，作者將那「慈祥的老人」和「美麗的孤女」分置在首尾兩端，而在第一節裏不讓她說半句話。這固然有多少體製的關係，卻也是天然的安排；若沒有這一局，那「可愛的人」的愛未免太廉價，主人公的悲哀也決不會如彼深切的——那未免要減少了那悲劇的價值之一部或全部呢。至於作者的理想，原是灌注在全個故事裏的，但也有特別鮮明的處所，那便是主人公在對話裏盡力發抒己見的地方。這裏主人公說的話雖也有議論的成分在內，但他有火熱的情感和憑着冰冷的理智說教的不同。他的議論是詩的，和散文的不同。他說的又那麼從容，老實，沒有大聲疾呼的宣傳的意味。他只是尋常的談話吧了。但他的談話卻能夠應機立說；只是渾然的一個理想，他和老人說時是一番話，和母親說時又是一番話，和伙伴和那「孤女」又各有一番話。各人的話都貼切各人的身分，小異而有大同；相異的地方實就是相成的地方。本篇之能呵成一氣，中邊俱澈，全有賴於這種地方。本篇的人物共有五個，但只有兩個類型；主人公獨屬於「全或無」的類型，其餘四人共屬於「中庸」的類型。四人屬於一型，自然沒有明瞭的性格；性格明瞭的只主人公一人而已。本篇原是抒情詩，雖然有敘事的形式和說理的句子；所以重在主人公自己的抒寫，別的人物只是道具罷了。這樣纔可絕斷衆流，獨立綱維，將主人公自己整個兒一絲不剩地捧給我們看。

本篇是抒情詩，主人公便是作者的自託，是不用說的。作者是個深於世故的人：他本沈溺於這個世界裏的，但一度盡量地洩露以後，只得着許多失望。他覺着他是「向惡人去尋求他們所沒有的，」於是開始厭倦這殘酷的人間。他說：

「我在這猥瑣的世上，一切的見聞，
絲毫都覺不出新異；
只見人們同樣的蠢動吧了。」

而人間的關係，他也看得十二分透徹；他露骨地說：

「人們除了相賊，
便是相需着玩偶罷了。」所以

「我是不願意那相賊的敵視我，
但也不願利用的俳優蓄我；
人生旅路上這凜凜的針棘，
我只願做這村裏的一個生客。」

看得世態太透的人，往往易流於玩世不恭，用冷眼旁觀一切；但作者是一個火熱的人，那樣不痛不癢的光景，他是不能忍耐的。他一面厭倦現在這世界，一面卻又捨不得它，希望它有好日子；他自己雖將求得「毀滅」的完成，但相信好日子終於會到來的，只要那些未衰的少年明白自己的責任。這似乎是一個思想的矛盾，但作者既自承為「羸疾者」「顛狂者」，卻也沒有什麼了。他所以既於現世間深切地憎惡着，又不住地為它擔憂，你看他說：

「我固然知道許多青年，

受了現代的苦悶，
更傾向肉感的世界！
但這漫無節制的氾濫過後，
我卻懷着不堪隱憂；
——縱弛！
——衰敗！
這便是我不能不呼號的了。」

這種話或者太質直了，多少帶有宣傳的意味，和篇中別的部分不同；但話裏面卻有重量，值得我們幾番的凝想。我們可以說這寥寥的幾行實爲全篇的核心，而且作詩的緣起也在這裏了。這不僅我據全詩推論是如此，我還可請作者自己爲我作證。我曾見過這篇詩的原稿，他在第一頁的邊上寫出全篇的大旨，短短的只一行多些，正是這一番意思。我們不能忽視這一番意思，因爲從這裏我們可以看出他實在是眞能愛這世界的，他實在是眞能認識「生之尊嚴」的。

他說：

「但人類求生是爲的相樂，
不是相呴相濡的苟活着。
旣然惡魔所給我們精神感受的痛苦已多。
更該一方去求得神賜我們本能的享樂。
然而我是重視本能的受傷之鳥，
我便在實生活上甘心落伍了！」

他以爲「本能的享樂尤重過種族的繁殖；」人固要有「靈的擴張，」也要「補充靈的實質」。他以爲

「這生活的兩面，
我們所能實感着的有時更有價值！」

但一般人不能明白這「本能的享樂」的意味，只「各人求着宴安，」「結果快樂更增進了衰弱」而

「羸弱是百罪之源，
陰蘊常潛在不健全的心裏。」

所以他有時甯可說：

「生命的事實，
在我們所能感覺得到的，
我終覺比靈魂更重要呢。」

他既然如此地「擁護生之尊嚴，」他的理想國自然是在地上；他想會有一種超人出現

在這地上，創造人間的天國。他想只有理會得「本能的享樂」的人，纔能夠彼此相樂，纔能夠彼此相愛因爲在「健全」的心裏是沒有陰藴的潛在的。只有這班人，能夠從魔王手裏奪回我們的世界。作者的思想是受了尼采的影響的；他說「本能的享樂，」說「離開現實便沒有神祕，」說「健全的人格，」我們可以說都是從尼采「超人就是地的意義」一語蛻化而出。但作者的超人——他用「健全的人格」的名詞——究竟是怎樣一種人格呢？我讓他自己說：

「你須向武士去找健全的人格；
你須向壯碩像嬰兒一般的去認識純眞的美。
你莫接近狂人，會使你也受了病的心理；
你莫過信那日夜思想的哲學者，
他們只會製造些詐僞的辯語。」

這是他的超人觀的正負兩面。他又說：

「我們所要創造的，不可使有絲毫不全；

眞和美便是善，不是虧蝕的。」

這卻是另一面了。他因爲盼望超人的出現，所以主張「人母」的新責任：

「這些『新生』正仗着你們慈愛的選擇；

這莊嚴無上的權威，正在你們豐腴的手裏。」

但他的超人觀似乎是以民族爲出發點的，這卻和尼采大大不同了！

作者雖盼望着超人的出現，但他自己只想做尼采所說的「橋梁，」只企圖着尼采所說的「過渡和沒落。」因爲

「我所有的不幸，無可救藥！

我是——

心靈的被創者，
體力的受病者，
放蕩不事生產者，
時間的浪費者；
——所有弱者一切的悲哀，
都灌滿了我的全生命！」 而且
「我的罪惡如同黑影，
它是永遠不離我的！
痛苦便是我的血，
一點一點滴汚了我的天眞。」

他一面受着「世俗的夾槮」，一面受着「生存」的抽打和警告，他知道了怎樣尊重他自己，完全他自己。

「自示孱弱的人，
反常想勝過了一切强者。」

他所以堅牢地執着自己，不肯讓他慈愛的母親和那美麗的孤女一步。我最愛他這一節話：

「既不完全，
便甯可毀滅，
不能升騰，
便甘心沈溺；
美錦傷了蠹穴，
先把他焚裂；

鈍的寶刀，
不如斷折；
母親：
我是不望超拔的了！」

他是不望超拔的了；他所以不需要憐憫，不需要一切，只向着一條路上走。

「除了自己毀滅，」
「便算不了完善。」

他所求的便是「毀滅」的完成，這是他的一切。所謂「毀滅，」尼采是給了「沒落」的名字，尼采曾藉了査拉圖斯特拉的口說：

「我是愛那不知道沒落以外有別條生路的人；因爲那是想要超越的人。」

作者思想的價値，可以從這幾句話裏估定它。我說那主人公生於現在世界而做着將來世界的人，也便以這一點爲立場。這自然也是尼采的影響。關於作者受了尼采的影響，我曾於讀本篇原稿後和一個朋友說及。他後來寫信告訴作者，據說他是甚願承認的。

篇中那老人對主人公說：

「你的思想是何等剽疾不馴，

你的話語是何等刻覈？」

這兩句話用來批評全詩，是很適當的。作者是有深銳的理性和遠到的眼光的人；他能覺察到人所不能覺察的。他的題材你或許會以爲奇僻，或許會感着不習慣，但這都不要緊，你自然會漸漸覺到它的重量的。作者的選材，多少是站在「優生」的立場上。「優生」的概念是早就有了的，但作者將它情意化了，比人更深入一層，便另有一番聲色。又加上尼采的超人觀，價值就更見擴大了。在這一點上，作者是超出了一般人，是超出了這個時代。但他的理性的力量雖引導着他絕塵而馳，他的情意卻不能跟隨着他。你看他說：

「但我有透骨髓的奇哀至痛，

——卻不在我所說的言語裏！」

其實便是在他的言語裏，那種一往情深纏綿無已的哀痛之意也灼然可見。那無可柰何的光景，是很值得我們低徊留戀的。雖然他「常想勝過了一切弱者，」雖然他怎樣地嘴硬，但中乾的氣象，荏弱的情調，是顯然不曾能避免了的。因襲的網實在罩得太密了，憑你倔強，也總不能一下就全然掙脫了的。我們到底都是時代的兒子呀！我們以這樣的見地來論作者，我想是很公平的。

十五年八月二十七日。

萍因遺稿跋

馮延巳詞：「風乍起，吹皺一池春水。」

世說：『司馬太傅齋中夜坐。於時天月明淨，都無纖翳。太傅嘆以爲佳。謝景重答曰：「意謂乃不如微雲點綴。」』

驚夢中杜麗娘唱：「裊晴絲吹來閑庭院，搖漾春如線。」

世間有一種得已而不得已的事：風與水無干，卻偏要去吹着。人與風與水無干，卻偏要去惦着。其實吹了又怎樣，惦着又怎樣，當局者是不會想着的；只覺得點綴點綴也好而已。晴絲的裊娜，原是任運東西；她自己固然不想去管，怕也管不了的。晏同叔眞有他的！「無可奈何」四個好輕巧的字，卻能攝住了古今天下，風風水水，花花草草的魂兒！你說，

「理他呢，過一會子就好了！」可是「好了也就了了，」你可甘心願意？「凡蜜是一例酸的，」我們還不是得忍耐着！然而天下從此多事了。司馬太傅戲謝景重曰：「強欲滓穢太清耶？」我們大約也只好擔上這個罪名吧。滓因有知，當不河漢吾言。

子愷畫集跋

子愷將畫集的稿本寄給我，讓我先覩爲快，並讓我選擇一番。這是很感謝的！

這一集和第一集顯然的不同，便是不見了詩詞句圖而只留着生活的速寫。詩詞句圖，子愷所作，儘有好的；但比起他那些生活的速寫來，似乎較有遜色。第一集出世後，頗見到聽到一些評論，大概都如此說。本集索性專載生活的速寫，卻覺得精彩更多。還有一個重要的不同，便是本集裏有了工筆的作品。子愷告我，這是「摹虹兒」的。虹兒是日本的畫家，有工筆的漫畫集；子愷所摹，只是他的筆法，題材等等還是他自己的。這是一種新鮮的趣味！落落不羈的子愷，也會得如此細膩風流，想起來眞怪有意思的！集中幾幅工筆畫，我說沒有一幅不妙。

集中所寫兒童和女子爲多。我們知道子愷最善也最愛畫楊柳與燕子；朋友平伯君甚至要送他「豐柳燕」的徽號。我猜這是因爲他歡喜春天，所以緊緊的挽着她；至少不讓她從他的筆底下溜過去。在春天裏，他要開闢他的藝術的國土。最宜於藝術的國土的，物中有楊柳與燕子，人中便有兒童和女子。所以他自然而然的將他們收入筆端了。

第一集裏，如「花生米不滿足」，「阿寶赤膊」，「穿了爸爸的衣服」，都是很好的兒童描寫。但那些還只是神氣好，還只是描寫。本集所收，卻能爲兒童另行創造一個世界。「瞻瞻的脚踏車」，「阿寶兩只脚櫈子四只脚」，纔小試其鋒而已；至於「瞻瞻的四夢」簡直是「再團再煉再調和好依着你我的意思重新造過」了。我爲了兒童也爲了自己，張開兩臂，歡迎這個新世界！另有「憧憬」一幅，雖是味兒不同，也是象徵着新世界的。在那「虹的橋」裏，有着無窮無窮的美麗的國，我們是不會知道的！

「三年前的花瓣」，「淚的伴侶」，似乎和第一集裏「第三張箋」屬於一類的，都很好。但「挑薺菜，」「春雨，」「斷線鷂，」「賣花女，」「春晝」便自不同；這些是莫之爲而爲，無所爲而爲的一種靜境。詩詞中所有的，第一集中只有「翠拂行人首」一幅，可以相比。我說這些簡直是純粹的詩。就中「斷線鷂」一幅裏倚樓的那女子，和那「賣花女，」最惹人夢思。我指前者給平伯君說，這是南方的女人。別一個朋友也指着後者告我，北方是看不見這種賣花的女郎的。

「東洋與西洋」便是現在的中國，眞寬大的中國！「教育，」教育怎樣呢？方光燾君眞像。「明日的講義」是劉心如君。他老是從從容容的；第一集裏的「編輯者，」瞧那神兒！但是，「明日的講義」可就苦了他也！我和他倆又好久不見了，看了畫更惦着了。

想起寫第一集的「代序，」現在已是一年零九天，眞快哪！

十五年十一月十日，在北京。

粵東之風序

從民國六年，北京大學徵集歌謠以來，歌謠的搜集成爲一種風氣，直到現在。梁實秋先生說，這是我們現今中國文學趨於浪漫的一個憑據。他說：

歌謠在文學裏並不佔最高的位置。中國現今有人極熱心的搜集歌謠，這是對中國歷來因襲的文學一個反抗，也是……「皈依自然」的精神的表現。——浪漫的與古典的三十七頁

我想，不管他的論旨如何，他說的是實在情形；看了下面劉半農先生的話，便可明白：

我以爲若然文藝可以比作花的香，那麽民歌的文藝，就可以比作野花的香。要是有時候，我們被纖麗的芝蘭的香味熏得有些膩了，或者尤其不幸，被戴春林的香

粉香，或者是 Coty 公司的香水香，薰得頭痛得可以，那麼，且讓我們走到野外去，

吸一點永遠清新的野花香來醒醒神罷。——瓦釜集八十九頁

這不但說明了那「反抗」是怎樣的，並且將歌謠的文學的價值也具體地估計出來。我們現在說起歌謠，是容易聯想到新詩上去。這兩者的關係，我想不宜誇張地說；劉先生的話，固然很有分寸，但周啓明先生的所論，似乎更具體些：他以為歌謠「可以供詩的變遷的研究，或做新詩創作的參考」——從文藝方面看。

嚴格地說，我以為在文藝方面，歌謠只可以「供詩的變遷的研究；」我們將它看作原始的詩而加以衡量，是最公平的辦法。因為是原始的，「幼稚的文體，」「缺乏細膩的表現力」，如周先生在另一文裏所說，所以「做新詩創作的參考，」我以為還當附帶相當的條件纔行。歌謠以聲音的表現為主，意義的表現是不大重要的，所以除了曾經文人潤色的以外，真正的民歌，字句大致很單調，描寫也極簡略，直致，若不用耳朵去聽而用眼

睛去看、有些竟是淺薄無聊之至。固然用耳朵去聽，也只是那一套靡靡的調子，但究竟是一件完成的東西；從文字上看，卻有時竟粗糙得不成東西。我也承認歌謠流行中有民衆的修正，但這是沒計畫，沒把握的；我也承認歌謠也有本來精鍊的，但這也只是偶然一見，不能常常如此。歌謠的好處卻有一樁，就是率眞，就是自然。這個境界是詩裏所不易有，卽有，也已加過一番烹鍊，與此只相近而不相同。劉半農先生比作「野花的香」，很是確當。但他說的「清新」，應是對詩而言，因爲歌謠的自然是詩中所無，故說是「清新」；就歌謠的本身說，「清」是有的，「新」卻很難說，——我寧可說牠的材料與思想大都是有一定的類型的。

在淺陋的我看來，「念」過的歌謠裏，北京的和客家的，藝術上比較要精美些。北京歌謠的風格是爽快簡鍊，念起來脆生生的；客家歌謠的風格是纏綿曲折，念起來嫋嫋有餘情，這自然只是大體的區別。其他各處的未免鬆懈或平庸，無甚特色；就是吳歌，佳處也怕在聲音而不在文字。

不過歌謠的研究，文藝只是一方面，此外還有民俗學，言語學，教育，音樂等方面。我所以單從文藝方面說，只是性之所近的緣故。歌謠在文藝裏，誠然「不佔最高的位置」，如梁先生所說；但並不因此失去研究的價值。在學術裏，只要可以研究，喜歡研究的東西，我們不妨隨便選擇；若必計較高低，估量大小，那未免是勢利的見解。從研究方面論，學術總應是平等的；這是我的相信。所以歌謠無論如何，該有它獨立的價值，只要不誇張地，恰如其分的看去便好。

這册粵東之風，是羅香林先生幾年來搜集的結果，便是上文說過的客家歌謠。近年來搜集客家歌謠的很多，羅先生的比較是最後的，最完備的，只看他「前經採集的成績」一節，便可知道。他是歌謠流行最少的興寧地方的人，居然有這樣成績，眞是難能可貴。他除排比歌謠之外，還做了一個系統的研究。他將客家歌謠的各方面，一一論到；雖然其中有些處還待補充材料，但規模已具。就中論客家歌謠的背景，及其與客家詩人的關係，最可注意；「前經採集的成績」一節裏羅列的書目，也頗有用。

就書中所錄的歌謠看來，約有二種特色：一是比體極多，二是諧音的雙關語極多。這兩種都是六朝時「吳聲歌曲」的風格，當時是很普遍的。現在吳歌裏卻少此種，反盛行於客家歌謠裏，正是可以研究的事。「吳聲歌曲」的「纏綿宛轉」是我們所共賞；客家歌謠的妙處也正在此。這種風格在戀歌裏尤多，——其實歌謠裏戀歌總是佔大多數——也與「吳聲歌曲」一樣。這與北京歌謠之多用賦體，措語洒落，恰是一個很好的對比，各有各的勝境。

歌謠的研究，歷史甚短。這種研究的範圍，雖不算大，但要作總括的，貫通的處理，卻也不是目前的事。現在只有先搜集材料，隨時作局部的整理。搜集的方法有兩種：一是分地，二是分題；分題的如「看見她」。分地之中，京語，吳語，粵語的最爲重要，因爲這三種方言，各有其特異之處，而產生的文學也很多。（說本胡適之先生）所以羅先生的工作，是極有分量的。這纔是第一集，我盼望他繼續做下去。

十七年五月三十一晚，北京清華園。

葉聖陶的短篇小說

聖陶談到他作小說的態度，常喜歡說：我只是如實地寫。這是作者的自白，我們應該相信。但他初期的創作，在「如實地」取材與描寫之外，確還有些別的，我們稱爲理想，這種理想有相當的一致，不能逃過細心的讀者的眼目。後來經歷漸漸多了，思想漸漸結實了，手法也漸漸老練了，這纔有眞個「如實地寫」的作品。彷彿有人說過，法國的寫實主義到俄國就變了味，這就是加進了理想的色彩。假使這句話不錯，聖陶初期的作風可以說是近於俄國的，而後期可以說是近於法國的。

聖陶的身世和對於文藝的見解，顧頡剛先生在隔膜序裏說得極詳。我所見他的生活，也已具於另一文。這裏只須指出他是生長在一個古風的城市——蘇州——中的人，後來又在一個鄉鎮——甪直——裏住了四五年，一逕是做着小學教師；最後纔到中國工商業中心的上海市做商務印書館的編輯直至現在。這二十年來時代的大變動自然也給他不少的影響：辛亥革命他在蘇州；五四運動他在甪直；五卅運動與國民革命，卻是他在上海親見親聞的。這幾行簡短的歷史暗示着他思想變遷的軌跡，他小說裏所表現的思想變遷的軌跡。

因爲是「如實地寫」，所以是客觀的。他的小說取材於自己及家庭的極少，又不大用第一身，筆鋒也不常帶情感。但他有他的理想，他的理想在人物的對話及作者關於人物或事件的解釋裏，往往出現，特別在初期的作品中。不快之感與啼聲是兩個極端的例子。這是理智的表現。聖陶的靜默，是我們朋友裏所僅有的；他的「愛智」，不是偶然的。

愛與自由的理想是他初期小說的兩塊基石。這正是新文化運動開始時的思潮；但他能用藝術表現，便較一般人爲深入。他從母愛性愛一直寫到兒童送一個小蜆回家，眞算得博大周詳。母愛的力量在犧牲自己；顧頡剛先生最愛讀的潛隱的愛，（見顧先生火災序）是一篇極好的代表。一個孤獨的蠢笨的鄉下婦人用她全部的心與力偷偷摸摸去愛一個鄰家的孩子。這是透過一層的表現。性愛的理想似乎是夫婦一體，隔膜與未厭集中兩篇小病，可以算相當的實例。但這個理想是不容易達到的；有時不免來點兒「說謊的藝術」（看火災中雲翳篇）有時母愛分了性愛的力量，不免覺得「兩樣」；夫婦不能一體時，有時更免不了離婚。離婚是近年常有的現象。但聖陶在雙影裏所寫的是女的和男的離了婚，另嫁了一個氣味相投的人；後來卻又捨不得那男的。這是一個怪思想，是對夫婦一體論的嘲笑。聖陶在這問題上，也許終於是個「懷疑派」罷？至於廣汎地愛人愛動物，聖陶以為只有孩子們行；成人是只有隔膜與冷酷罷了。隔膜游泳（線下中）晨便寫的這一類情形。他又寫了些沒有愛的人的苦悶，如歸宿裏的青年，春光不是她的了裏被離棄的婦人，孤獨裏的「老先生」都是的。而被忘卻的（火災中）裏田女士與童女士的同性愛也正是這種苦悶的另一樣寫法。

自由的一面是解放，還有一面是尊重個性。聖陶特別着眼在婦女與兒童身上。他寫出被壓迫的婦女，如農婦童養媳歌女妓女等的悲哀；隔膜第一篇一生便是寫一個農婦的。對於中等家庭的主婦的服從與苦辛，他也有哀矜之意。春游（隔膜中）裏已透露出一些反抗的消息；兩封回信裏說得更是明白：女子不是「籠子裏的畫眉，花盆裏的蕙蘭，」也不是「超人；」她『只是和一切人類平等的一個「人。」』他後來在未厭集裏還有兩篇小說（遺腹子小妹妹）寫重男輕女的傳統對於女子壓迫的力量。聖陶做過多年小學教師，他最懂得兒童，也最關心兒童。他以為兒童不是供我們游戲和消遣的，也不是給我們防老的，他們應有他們自己的地位。他們有他們的權利與生活，我們不應嫌惡他們，也不應將他們當作我們的具體而微看。啼聲（火災中）是用了一個女嬰口吻的激烈的抗議；在聖陶的作品中，這是一篇僅見的激昂的文字。但寫得好的是低能兒一課義兒風潮等篇；前兩篇寫兒童的愛好自然，後兩篇寫教師以成人看待兒童，以致有種種的不幸。其中低能兒是早經著名的。此外，他還寫了些被榨取着的農人，那些都是被田租的重負壓得不能喘氣的。他憧憬着「藝術的生活」，藝術的生活是自由的發展個性的；而現在我們的生活，卻都被擲在些一定的模型或方式裏。聖陶極厭惡這些模型或方式；在這些方式之下，他「只覺一個虛幻的自己包圍在廣大的虛幻裏。」（見隔膜中不快之感）

聖陶小說的另一面是理想與現實的衝突。假如上文所舉各例大體上可說是理想的正面或負面的單純表現，這種便是複雜的糾紛的表現。如祖母的心（火災中）寫親子之愛與禮教的衝突，結果那一對新人物妥協了；這是現代一個極普遍極葛藤的現象。平常的故事裏，理想被現實所蠶食，幾至一些無餘；這正是理想主義者煩悶的表白。前途與此篇調子相類，但寫的是另一面。城中寫腐敗社會對於一個理想主義者的疑忌與陰謀；而他是還在準備抗爭。校長與搭班子裏兩個校長正在高高興興地計畫他們的新事業，卻來了舊勢力的侵蝕；一個妥協了，一個卻似乎準備抗爭一下。但城中與搭班子只說到「準備」而止，以後怎樣呢？是成功？失敗？還是終於妥協呢？據作品裏的空氣推測，成功是不會的；城中的主人公大概要失敗，搭班子裏的大概會妥協吧？聖陶在這裏只指出這種衝突的存在與自然的進展，並沒有暗示解決的方法或者出路。到寫橋上與抗爭，他似乎才進一步地追求了。橋上還不免是個人的「浪漫」的行動，作者沒有告訴我們全部的故事；抗爭卻有「集團」的意義，但結果是失敗了，那領導者做了祭壇前的犧牲。聖陶所顯示給我們的，至此而止。還有在民間是衝突的別一式。

聖陶後期作品（大概可以說從線下後半部起）的一個重要的特色，便是寫實主義手法的完成。別人論這些作品，總側重在題材方面；他們稱讚他的「對於城市小資產階級的描寫」。這是並不錯的。聖陶的生活與時代都在變動着，他的眼從村鎮轉到城市，從兒童與女人轉到戰爭與革命的側面的一些事件了。他寫城市中失業的智識工人（城中裏的病夫）和教師的苦悶；他寫戰爭時「城市的小資產階級」與一部分村鎮人物的利己主義，提心弔膽，瑣屑等。（如茅盾先生最愛的潘先生在難中，及外國旗）他又寫戰爭時兵士的生活；（金耳環）又寫「白色的恐怖」，（如夜，冥世別——大江月刊三期）和「目前政治的黑暗」。（如某城紀事）他還有一篇寫「工人階級的生活」的夏夜。（未厭集）（看錢杏邨先生葉紹鈞的創作的考察，見現代中國文學作家第二卷）他這樣「描寫了廣闊的世間」；茅盾先生說他作倪煥之時纔「第一次描寫了廣闊的世間」，似乎是不對的。（看讀倪煥之，附錄在倪煥之後面）他誠然「長於表現城市小資產階級」（錢語）但他並不是只長於這一種表現，更不是專表現這一種人物；

或側重於表現這一種人物，卽使在他後期的作品裏。這時期聖陶的一貫的態度，似乎只是「如實地寫」一點；他的取材只是選擇他所熟悉的，與一般寫實主義者一樣，並沒有顯明的「有意的」目的。他的長篇作品倪煥之，茅盾先生論爲「有意爲之的小說」，我也有同感；但他在作者自記裏還說：「每一個人物，我都用嚴正的態度如實地寫，」這可見他所信守的是什麼了。這時期中的作品，大抵都有着充分的客觀的冷靜，（初期作品如飯也如此，但不多）文字也越發精鍊；寫實主義的手法至此纔成熟了；晨這一篇最可代表，是我所最愛的。——只有冥世別是個例外；但正如魯迅先生寫不好不周山一樣，聖陶是不適於那種表現法的。日本藏原惟人到新寫實主義之路（林伯脩譯）裏說寫實主義有三種，聖陶的應屬於第二種，所謂「小布爾喬亞寫實主義」；在這一點上說他是小資產階級的作家，我可以承認。

我們的短篇小說，「卽興」而成的最多，注意結構的實在沒有幾個人；魯迅先生與聖陶便是其中最重要的。他們的作品都很多，但大部分都有謹嚴而不單調的布局。聖陶的後期作品更勝於初期的。初期裏有些別體，隔膜自頗緊湊，但不快之感及噓聲就沒有多少精彩；又曉行，旅路的伴侶兩篇，（火災中）雖穿插頗費苦心，究竟嫌破碎些（悲哀的重載卻較好）。這些時候，聖陶愛用抽象觀念的比喻，如「失望之淵」，「煩悶之淵」等，在現在看來，似乎有些陳舊或浮淺了。他又愛用駢句，有時使文字失去自然的風味。而各篇中作者出面解釋的地方，往往太正經，又太多。如苦菜（隔膜中）固是第一身的敍述，但後面那一個公式與其說明，也太煞風景了。聖陶寫對話似不頂擅長，各篇中對話往往嫌平板，有時說教氣太重；這便在後期作品中也不免。聖陶寫作最快，但決非不經心；他在倪煥之的自記裏說：「斟酌字句的癖習越來越深，」我們可以知道他平日的態度。他最擅長的是結尾，他的作品的結尾，幾乎沒有一篇不波俏的。他自己曾戲以此自詡；錢杏郁先生也說他的小說，「往往在收束的地方使人有悠然不盡之感。」

十九年七月，北平清華園。

給一個兵和他的老婆的作者——李健吾先生

——即擬此書的文體——

我已經念完勒「一個兵和他的老婆」得故事。我說，健吾，眞有你得！

我說，這個兵夠人味兒。他是個粗透勒頂得粗人，可是他又是個機靈不過得人。瞧那位店東家兩回想揭穿他倆得事兒，他怎們對付來着！還有，他奉勒營長得命令去敲那位章老頭兒——就是他得丈人勒——去敲他得竹槓得時候，恰巧他親家說他將女兒玉子窩藏起來勒，他倆正鬧得不得開交哪。你瞧，他會做得面面兒光；竹槓是敲上勒，卻不是他丈人章老頭兒！張冠李戴，纔有趣哪。他有這們多得心眼兒，加上他那個當兵得大膽子，——眞想不到——他敢帶勒逃出來得章玉子，他得老婆，「重入家門」。這們着，他倆才成就勒美滿得姻緣；不然，後來怎樣，只有天知道啦。可是，頂要緊得，他是個有良心得人。要是他在馬房裏第一回看見他老婆得時候，也像他那三個弟兄得性兒，那可不什們都完啦；壓根儿這本書也就甭寫啦。所以我說這個兵夠人味兒。他有一個健康得身子，還有一顆健康得心。可是，健吾，咱們眞有過這們膽兒大，心兒細，性兒好得兵？你相信？不論你怎們回答，我覺得這不是現在眞有得人；這是你筆底下造出來得英雄。他沒有兵們得壞處，只有他們得好處；不但有他們得好處，還有咱們得——乾脆說你得——好處。這們湊合起來，他纔是個可愛得人。至於章玉子，他得老婆，那女得多少有得兒古怪。但是她得天眞爛漫，也可愛；得做他那樣子得人得老婆，她倒也合式。

他得說話雖然還不全像一個兵，但是，也夠乾脆得啦。咱們得作家們，說起話來，老是斯斯文文得，慢聲慢氣得；有得更是扭扭捏捏，怪聲怪氣得。至少也得比平常人多遶上幾個彎兒。這們着也有這們着得好處，可是你也這一套，我也這一套，叫人膩得慌。像他那們大刀闊斧，砍一下兒是一下兒得，似乎還很少哪。他不多說一句話，也不亂說一句話；句句話從他心坎兒上出來，句句話打在咱們心坎兒上——句句話緊緊得湊合着，不讓漏一絲縫兒。好比船上得布篷，灌滿勒風，到處都急綳綳得。他得話雖說有五段兒，好像是一口氣說完勒似得；他不許你想你自己得，忘了他得。可是你說他眞得着忙？不不！他閒着哪。他老是那們帶頑帶笑得。你說他眞得有什們，說什們，像一個沒有底兒得布袋？不不！他老忘不了叫你着急叫你擔心，那位店東家兩回得嚇詐，且甭提，只提「他們頭一宵的恩愛」那一段，那女得三回說到嘴邊又瞞過勒得那句話，你能不納悶兒再說，「他老婆重入家門」那一段，先說他帶勒「一位沒有走過世面得弟兄」上他丈人家去。你想得到，這位護兵會變成他得老婆哪？可惜臨了兒他那位丈人拐勒一個不大圓得彎兒；我不信那個老頭兒眞會那們着崇拜「先王得禮法！」要讓他換個樣子，另拐上一個彎兒，就好勒。就是這收稍，不大得勁似得。

除勒這一處，健吾，我敢保這本書沒有錯兒！

十七年十二月四日。

燕知草*序

*俞平伯作

「想當年」一例是要有多少感慨或惋惜的，這本書也正如此。「燕知草」的名字是從作者的詩句「而今陌上花開日，應有將雛舊燕知」而來；這兩句話以平淡的面目，遮掩着那一往的深情，明眼人自會看出。書中所寫，全是杭州的事；你若到過杭州，只看了目錄，也便可約略知道的。

杭州是歷史上的名都，西湖更爲古今中外所稱道；畫意詩情，差不多俯拾即是。所以這本書若可以說有多少的詩味，那也是很自然的。西湖這地方，春夏秋冬，陰晴雨雪，風晨月夜，各有各的樣子，各有各的味兒，取之不竭，受用不窮；加上綿延起伏的羣山，錯落隱現的勝迹，足夠教你流連忘反。難怪平伯會在大洋裏想着，會在睡夢裏惦着！但「杭州城裏」，在我們看，除了吳山，竟沒有一毫可留戀的地方。像清河坊城站，終日是喧鬧的市聲，想起來只會頭暈罷了；居然也能引出平伯的那樣悵惘的文字來，乍看眞有些不可思議似的。

其實也並不奇，你若細味全書，便知他處處在寫杭州，而所着眼的處處不是杭州。不錯，他惦着杭州；但爲什麼與衆不同地那樣黏着地惦着他？在清河坊中也曾約略說起；這正因杭州而外，他意中還有幾個人在——大半因了這幾個人，杭州纔覺可愛的。好風景固然可以打動人心，但若得幾個情投意合的人，相與徜徉其間，那纔眞有味；這時候風景覺得更好。——老實說，就是風景不大好或竟是不好的地方，只要一度有過同心人的蹤跡，他們也會老那麼惦記着的。他們還能出人意表地說出這種地方的好處；像書中杭州城站，清河坊一類文字，便是如此。再說我在杭州，也待了不少日子，和平伯差不多同時，他去過的地方，我大半也去過；現在就只有淡淡的影象，沒有他那迷勁兒。這自然有許多因由，但最重要的，怕還是同在的人的不同吧？這種人並不在多，也不會多。你看這書裏所寫的，幾乎只是和平伯有着幾重親的H君的一家人——平伯夫人也在內；就這幾個人，給他一種溫暖穠郁的雰圍氣。他依戀杭州的根源在此，他寫這本書的感興，其實也在此。就是那塔磚歌與陀羅尼經歌，雖像在發揮着「歷史癖與考據癖」，也還是以H君為中心的。

近來有人和我論起平伯，說他的性情行徑，有些像明朝人。我知道所謂「明朝人」是指明末張岱王思任等一派名士而言。這一派人的特徵，我慚愧還不大弄得清楚；借了現在流行的話，大約可以說是「以趣味為主」的吧？他們只要自己好好地受用，什麼禮法，什麼世故，是滿不在乎的。他們的文字也如其人，有着「洒脫」的氣息。平伯究竟像這班明朝人不像，我雖不甚知道，但有幾件事可以給他說明，你看夢游的跋裏，豈不是說有兩位先生猜那篇文像明朝人做的？平伯的高興，從字裏行間露出。這是自畫的供招，可為鐵證。標點陶菴夢憶，及在那篇跋裏對於張岱的嚮往，可為旁證。而周豈明先生雜拌兒序裏，將現在散文與明朝人的文章相提並論，也是有力的參考。但我知道平伯並不曾着意去模倣那些人，只是性習有些相近，便爾闇合罷了；他自己起初是並未以此自期的；若先存了模倣的心，便只有因襲的氣分，沒有真情的流露，那倒又不像明朝人了。至於這種名士風是好是壞，合時宜不合時宜，要看你如何着眼；所謂見仁見智，各有不同——像冬晚的別，賣信紙，我就覺得太「感傷」些。平伯原不管那些，我們也不必管；只從這點上去了解他的爲人，他的文字，尤其是這本書便好。

這本書有詩，有謠，有曲，有散文，可稱五光十色。一個人在一個題目上，這樣用了各體的文字抒寫，怕還是第一遭吧？我見過一本水上，是以西湖爲題材的新詩集，但只是新詩一體罷了；這本書纔是古怪的綜合呢。書中文字頗有濃淡之別。雪晚歸船以後之作，和湖樓小擷，芝田留夢記等，顯然是兩個境界。平伯有描寫的才力，但向不重視描寫。雖不重視，卻也不至厭倦，所以還有湖樓小擷一類文字。近年來他覺得描寫太板滯，太繁縟，太矜持，簡直厭倦起來了；他說他要素樸的趣味。雪晚歸船一類東西便是以這種意態寫下來的。這種「夾敘夾議」的體製，卻並沒有墮入理障中去；因爲說得乾脆，說得親切，既不「隔靴搔癢，」又非「懸空八隻脚。」這種說理，實也是抒情的一法；我們知道，「抽象」，「具體」的標準，有時是不夠用的。至於我的歡喜，倒頗難確說，用杭州的事打個比方罷：書中前一類文字好像昭賢寺的玉佛，雕琢工細，光潤潔白；後一類呢，恕我僭不於倫，像吳山四景園馳名的油酥餅——那餅是入口卽化，不留渣滓的，而那茶店，據說是「明朝」就有的。

重過西園碼頭這一篇，大約可以當得「奇文」之名。平伯雖是我的老朋友，而趙心餘卻決不是，所以無從知其爲人。他的文眞是「下筆千言，離題萬里。」所好者能從萬里外一個觔斗翻了回來；「趙」之與「孫，」相去只一間，這倒不足爲奇的。所奇者他的文筆，竟和平伯一樣；別是他的私淑弟子罷？其實不但「一樣，」他那洞達名理，委曲述懷的地方，有時竟是出藍勝藍呢。最奇者，他那些經歷，有多少也和平伯雷同這的的括括可以說是天地間的「無獨有偶」了。嗚呼！我們怎能起趙君於九原而細細地問他呢？

十七年十二月十九晚，北平清華園。

「老張的哲學」與「趙子曰」

（老舍作）

老張的哲學，爲一長篇小說，敘述一班北平閑民的可笑的生活，以一個叫「老張」的故事爲主，復以一對青年的戀愛問題穿插之。在故事的本身已極有味，又加以著者諷刺的情調，輕鬆的文筆，使本書成爲一本現代不可多得之佳作，研究文學者固宜一讀，卽一般的人們亦宜換換口味，來閱看這本新鮮的作品。

趙子曰這部作品的描寫對象是學生的生活。以輕鬆微妙的文筆，寫北平學生生活，寫北平公寓生活，非常逼眞而動人，把趙子曰等幾個人的個性活活的浮現在我們讀者的面前。後半部卻入於嚴肅的敘述，不復有前半部的幽默，然文筆是同樣的活躍。且其以一個偉大的犧牲者的故事作結，很使我們有無窮的感喟。這部

書使我們始而發笑，繼而感動，終於悲憤了。（十七年十月時事新報）

這是商務印書館的廣告，雖然是廣告，說得很是切實，可作兩條短評看。從這裏知道這兩部書的特色是「諷刺的情調」和「輕鬆的文筆」。

諷刺小說，我們早就有了，儒林外史，並不是「新鮮」的東西。儒林外史的諷刺，「感而能諧，婉而多諷」（魯迅中國小說史略二十三篇）以「含蓄蘊釀」爲貴。後來所謂「譴責小說」，雖出於儒林外史，而「辭氣浮露，筆無藏鋒」，「描寫失之張皇，時或傷於溢惡，言違眞實，則感人之力頓微。」（小說史略二十八篇）這是諷刺的藝術的差異。前者本於自然的眞實，而以精細的觀察與微妙的機智爲用。後者是在觀察的事實上，加上一層夸飾，使事實失去原來的輪廓。這正和上海遊戲場裏的「哈哈鏡」一樣，人在鏡中看見扁而短或細而長的自己的影子，滿足了好奇心而暫時地愉快了。但只是「暫時的」愉快罷了，不能深深地印入人心坎中。這種諷刺的手法與一般人小說的觀念是有聯帶關係的，從前人讀小說只是消遣，作小說只是遊戲。「譴責小說」與一切小說一樣，都是戲作。所謂「譴責」或諷刺，雖說是本於憤世嫉俗的心情，但就文論文，實在是嘲弄的喜劇味比哀矜的悲劇味多得多。這種小說總是雜集「話柄」；「聯綴此等，以成類書」（小說史略二十八篇）「話柄」固人人所難免，但一人所行，決無全是「話柄」之理。如李伯元官場現形記，只敘此種，彷彿書中人物只有「話柄」而沒有別的生活一樣，而所敘又加增飾。這樣，便將書中人全寫成變態的了。儒林外史有時也不免如此，但就大體說，文筆較爲平實和婉曲，與此固不能並論。小說既係戲作，由儒林外史變爲「譴責小說」，卻也是自然的趨勢。至於不涉游戲的嚴肅的諷刺，直到近來纔有；魯迅先生的阿Q正傳可爲代表。這部書是類型的描寫；沈雁冰先生說得好：中國沒有這樣「一個」人，但這是一切中國人的「譜」。（大意）我們大家都分得阿Q的一部分。將阿Q當作「一個」人看，這部書確是夸飾，但將他當作我們國民性的化身看，便只覺親切可味了。而文筆的嚴冷隱隱地蘊藏着哀矜的情調，那更是從前的諷刺或譴責小說所沒有。這是諷刺的態度的差異。

這兩部書裏的「諷刺的情調」是屬於那一種呢？這不是可以簡單回答的。趙子曰的廣告裏稱讚作者個性的描寫不錯；兩部書裏各人的個性確很分明。在這一點上它們是近於儒林外史的；因爲官場現形記和阿Q正傳等都不描寫個性。但兩書中所描寫的個性，卻未必全能「逼眞而動人。」從文筆論，與其說近於儒林外史，還不如說近於「譴責小說。」即如兩位主人公老張與趙子曰老舍先生寫老張的「錢本位」的哲學確乎是酣暢淋漓闡揚盡致但似乎將「錢本位」這個特點太擴大了些，或說太盡致了些。我們固然覺得「可笑，」但誰也未必信世界上眞有這樣「可笑」的人。老舍先生或者將老張寫成一個「太」聰明的人，但我們想老張若眞這樣，那就未免「太」傻了；傻得近於瘋狂了。如第十五節云：

他（老張）只不住的往水裏看，小魚一上一下的把水撥成小圓圈，他總以爲有人從城牆上往河裏扔銅元，打得河水一圈一圈的。以老張的聰明，自然不久的明白那是小魚們游戲，雖然仍屢屢回頭望也！

這自然是「錢本位」的描寫，是太聰明？是太傻？我想不用我說。至於趙子曰，他的名字便是一個玩笑；你想得出誰會有這樣一個怪名字？世上是有不識不知的人，但大學生的趙子曰不會那樣昏瞶糊塗，和白癡相去不遠，卻有些出人意表！其餘的角色如老張的哲學中的龍樹古，藍小山，趙子曰中的周少濂，武端，莫大年，歐陽天風，也都有寫得過火的地方。這兩部書與「譴責小說」不同的，它們不是雜集話柄，而是性格的擴大描寫。在這一點上，又有些像阿Q正傳。但正傳寫的是類型，不妨用擴大的方法；這兩部書寫的是個性，用這種方法便不適宜。這兩部書還有一點可以注意：它們沒有一貫的態度。它們都有一個嚴肅的悲慘的收場，但上文卻都有不少的游戲的調子；趙子曰更其如此。廣告中說

「這部書使我們始而發笑，繼而感動，終於悲憤了。」「發笑」與「悲憤」這兩種情調，足以相消而不足以相成。這兩部書若用一貫的情調或態度寫成，我想力量一定大得多。然而有這樣嚴肅的收場，便已異於「譴責小說」而爲現代作品了。

兩部書中的人物，除老張的哲學中的老張，南飛生，藍小山，趙子曰中的歐陽天風外，大都是可愛的。他們各有缺點和優點。只有趙子曰中的李景純，似乎沒有什麼缺點；正和老張等之沒有什麼優點一樣。李景純是這兩部書中唯一的英雄：他熱心苦口，領導着趙子曰去做好人；他忍受歐陽天風的辱罵，不屑與他辯論；他盡心竭力保護王女士，而毫無所求；他「爲民間除害」而犧牲了自己。老舍先生寫李景純，始終是嚴肅的；在這裏我們看見作者的理想的光輝。這兩部書若可說是描寫「錢本位」與人本位的思想的交戰的，那麼李景純是後者的代表，而老張不用說是前者的代表——歐陽天風也是的。其餘的人大抵掙扎於兩者之間，如龍樹古，武端都是的。在老張的哲學裏，人本位是無聲無臭地失敗了。在趙子曰裏，人本位雖也照常失敗，但卻留下光榮的影響：莫大年，武端，趙子曰先後受了李景純的感化，知道怎樣努力做人。前書只有絕望，後書卻有了希望；這或許與我們的時代有關，書中有好幾處說到革命可爲佐證。在這一點上，趙子曰的力量勝過老張的哲學。可是書中人物的思想都是很淺薄的；老張的哲學裏的不用說，便是李景純，那學哲學的，也不過如此。大約有深一些的思想的人，也插不進這兩部書裏去罷？至於兩書中最寫得恰當的人，我以爲要算老張的哲學裏的趙姑父趙姑母。這是一對可愛的老人。如第十三節云：

> 王德李應買菜回來，姑母一面批評，一面烹調。批評的太過，至於把醋當了醬油，鳌匙的往烹鍋裏下。忽然發覺了自己的錯誤，於是停住批評，坐在小凳上笑得眼淚一個擠着一個往下滴。
>
> ……………………

趙姑母不等別人說話，先告訴他丈夫她把醋當作了醬油。

趙姑父聽了，也笑得流淚，他把鼻子淹了一大塊。

這裏寫趙姑母的嘮叨和龍鍾，惟妙惟肖；老夫婦情好之篤，也由此可見。這是一段充滿了生活趣味的描寫。兩書中除李景純和這一對老夫婦外，其餘的人物描寫，大抵是不免多少「張皇」的。——這也可以說是不一貫的地方。

這兩部書的結構，大體是緊湊的。老張的哲學裏時間，約莫一年；趙子曰裏的，只是由冬而夏的三季。時間的短促，有時可以幫助結構。老張的哲學裏主角頗多，穿插甚難恰到好處；老舍先生布置各節，似乎很苦心。趙子曰是順次的敘述，每章都有主人公在內，自然比較容易。又趙子曰共二十七章，除八，九，十三章敘趙子曰在天津的事以外，別的都以北京爲背景；老張的哲學卻忽而鄉，忽而城，錯綜不一，這又比較難些。老張的哲學裏沒有不關緊要的敘述，趙子曰裏卻有：第二章第四節敘趙子曰加入足球隊，實在可有可無；又八，九，十三章，也似乎太詳些——主角在北京，天津的情形，不妨少敍些。老張的哲學以兩個女子爲全篇樞紐，她們都出面；趙子曰以一個王女士爲樞紐，卻不出面。雖不出面，但書中人卻常常提到她；雖提到她，卻總未說破，她是怎樣的人。像悶葫蘆一樣，直到末章纔揭開了，由她給李景純的信裏敍出她的身世。這樣達到了「極點」，一切都有了着落。這種布置確比老張的哲學巧些。兩書結尾都有毛病：老張的哲學末尾找補書中未死各人的結局，散漫無歸；趙子曰末一段趙子曰向莫大年，武端說的話，意思不大明顯，不能將全篇收住。又兩書中作者現身解釋的地方太多，這是「辭氣浮露」的一因。而一章或一節的開端，往往有很長的解釋或議論，似乎是舊小說開端的濫調，往往很殺風景的。又兩書描寫有類似的地方，似乎也不大好：老張的哲學裏的孫八常說「多辛苦」一句話，趙子曰裏的武端也常說「你猜怎麼着，」這未免有些單調；爲什麼每部書裏總該有這樣一個人？至於「輕鬆的文筆，」那是不錯的。老舍先生的白話沒有舊小說白話的熟，可是也不生；

只可惜雖「輕鬆，」卻不甚雋妙。可稱爲雋妙的，除趙姑父趙姑母的描寫及其一二處外，便只有寫景了；寫景是老舍先生的拿手戲，差不多都好。現在舉一節我最喜歡的：

那粉團似的蜀菊襯着嫩綠的葉兒，迎着風兒一陣陣抿着嘴兒笑。那長長的柳條，像美女被散着頭髮，一條一條的慢慢擺動，把南風都擺動得軟了，沒有力氣了。那高峻的城牆長着歪着脖兒的小樹，綠葉底下，青枝上面，藏着那麼一朵半朵的小紅牽牛花。那嬌嫩剛變好的小蜻蜓，也有黃的，也有綠的，從淨業湖而後海而什剎海而北海而南海，一路彎着小尾巴在水皮兒上一點一點，好像北京是一首詩，他們在綠波上點着詩的句讀。淨業湖畔的深綠肥大的蒲子，拔着金黃色的蒲棒兒，迎着風一搖一搖的替浪聲擊着拍節。什剎海中的嫩荷葉，捲着一些幽情，放開的像給詩人托出一小碟子詩料。北海的漁船在白石欄的下面，或是湖心亭的旁邊，和小野鴨們擠來擠去的浮蕩着；時時的小野鴨們噗喇噗喇擦着水皮兒飛，好像替漁人的歌唱打着鑼鼓似的：「五月來呀南風兒吹」噗喇，噗喇。「湖中的魚兒」噗喇「嫩又肥」噗喇噗喇。……那白色的塔，藍色的天，塔與天的中間飛着那麼幾隻灰野鴿一上一下，一左一右，詩人的心隨着小灰鴿飛到天外去了……。（滬子曰第十六章第一節）

這是不多不少的一首詩。

十八年二月。

談美*序

朱光潛作

新文化運動以來，文藝理論的介紹，各新雜誌上常常看見；就中自以關於文學的爲主，別的偶然一現而已。同時各雜誌的插圖卻不斷地複印西洋名畫，不分時代，不論派別，大都憑編輯人或他們朋友的嗜好。也有選印雕像的，但比較少。他們有時給一些名作來一點兒說明，但不說明的時候多。青年們往往將雜誌當水火，當飯菜；他們從這裏得着美學的知識，正如從這裏得着許多別的知識一樣。他們也往往應用這點知識去欣賞，去批評別人的作品，去創造自己的不少的詩文和繪畫。就如此形成。但這種東鱗西爪積累起來的知識只是「雜拌兒」；——還趕不上「雜拌兒」，因爲「雜拌兒」總算應有盡有，而這種知識不然。應用起來自然是夠苦的，夠張羅的。

從這種淩亂的知識裏，得不着淸淸楚楚的美感觀念。徘徊於美感與快感之間，考據批評與欣賞之間，自然美與藝術美之間，常時自己衝突自己煩惱，而不知道怎樣去解那連環。又如寫實主義與理想主義就像是難分難解的一對寃家，公說公有理，婆說婆有理，各有一套天花亂墜的話。你有時樂意聽這一造的，有時樂意聽那一造的，好教你左右做人難！還有近年來習用的「主觀的」「客觀的」兩個名字，也不祇一回「纏夾二先生」。因此許多青年膩味了，索性一切不管，只抱着一條道理，有文藝的嗜好就可以談文藝。這是「以不了了之，」究竟「談」不出什麽來。留心文藝的青年，除這等難處外，怕更有一個切身的問題等着解決的。新文化是「外國的影響，」自然不錯；但說一般青年不留餘地的鄙棄舊的文學藝術，卻非眞理。他們覺得單是舊的「注」「話」「評」「品」等不夠透徹，必須放在新的光裏看纔行。但他們的力量不夠應用新知識到舊材料上去，於是只好擱淺，並非他們願意如此。

這部小書便是幫助你走出這些迷路的。它讓你將那些雜牌軍隊改編爲正式軍隊；裁汰冗弱，補充械彈，所謂「兵在精而不在多。」其次指給你一些簡截不迂彎的道路，讓你走上前去，不至於徬徨在大野裏，也不至於徬徨在牛角尖裏。其次它告訴你怎樣在咱們的舊環境中應用新戰術；它自然只能給你一兩個例子看，讓你可以舉一反三。它矯正你的錯誤，針砭你的缺失，鼓勵你走向前去。作者是你的熟人，他會寫給你十二封信；他的態度的親切和談話的風趣，你是不會忘記的。在這書裏他的希望是很大的，他說：

悠悠的過去祇是一片漆黑的天空，我們所以還能認識出來這漆黑的天空者，全賴思想家和藝術家所散佈的幾點星光。朋友，讓我們珍重這幾點星光！讓我們也努力散佈幾點星光去照耀和那過去一般漆黑的未來。（第一章）

這卻不是大而無當，遠不可幾的例話；他散佈希望在每一個心裏，讓你相信你所能做的比你想你所能做的多。他告訴你美並不是天上掉下來的；它一半在物，一半在你，在你的手裏。「一首詩的生命不是作者一個人所能維持住，也要讀者幫忙纔行。讀者的想像和情感是生生不息的，一首詩的生命也就是生生不息的，它並非是一成不變的。」（第九章）「情感是生生不息的，意象也是生生不息的。……卽景可以生情，因情也可以生景。所以詩是做不盡的。……詩是生命的表現。說詩已經做窮了，就不啻說生命已到了末日。」（第十一章）這便是「欣賞之中都寓有創造，創造之中也都寓有欣賞；」（第九章）是精粹的理解，同時結結實實地鼓勵你。

孟實先生還寫了一部大書，文藝心理學。但這本小册子並非節略；它自成一個完整的有機體，有些處是那部大書所不詳的，有些是那裏面沒有的。——「人生的藝術化」一章是著明的例子；這是孟實先生自己最重要的理論。他分人生為廣狹兩義：藝術雖與「實際人生」有距離，與「整個人生」卻並無隔閡；「因為藝術是情趣的表現，而情趣的根源就在人生。反之，離開藝術也便無所謂人生；因為凡是創造和欣賞都是藝術的活動。」他說：「生活上的藝術家也不但能認眞而且能擺脫。在認眞時見出他的嚴肅，在擺脫時見出他的豁達。」又引西方哲人之說：「至高的美在無所爲而爲的玩索，」以爲這「還是一種美。」又說：「一切哲學系統也都祇能常作藝術作品去看。」又說：「眞理在離開實用而成爲情趣中心時，就已經是美感的對象；……所以科學的活動也還是一種「藝術的活動。」」這樣眞善美便成了三位一體了。孟實先生引讀者由藝術走入人生，又將人生納入藝術之中。這種「宏遠的眼界和豁達的胸襟，」値得學者深思。文藝理論當有以觀其會通；局於一方一隅，是不會有眞知灼見的。

二十一年四月，倫敦。

論白話

——讀南北極（穆時英作）與小彼得（張天翼作）的感想——

讀完南北極與小彼得，有些纏夾的感想，現在寫在這裏。

當年胡適之先生和他的朋友們提倡白話文學，說文言是死的，白話是活的。什麼叫做「活的？」大家似乎全明白，可是誰怕也沒有仔細想過。是活在人人嘴上的？這種話現在雖已有人試記下來可是不能通行；而且將來也不準能通行（後詳。）後來白話升了格叫做「國語。」國語據說就是「藍青官話，」一人一個說法，大致有一個不成文的譜。這可以說是相當地「活的。」但是寫在紙上的國語並非藍青官話；它有比較劃一的體裁，不能夠像藍青官話那樣隨隨便便。這種體裁是舊小說，文言，語錄夾雜在一塊兒。是在清末的小說家手裏寫定的它比文言近於現在中國大部分人的口話，可是並非眞正的口語，換句話說，這是不大活的。胡適之先生稱讚的俠隱記的文字和他自己的便都是如此。

周作人先生的「直譯，」實在創造了一種新白話，也可以說新文體翻譯方面學他的極多，像樣的卻極少；「直譯」到一點不能懂的有的是。其實這些只能叫做「硬譯」「死譯，」不是「直譯。」寫作方面周先生的新白話可大大地流行，所謂「歐化」的白話文的便是。這是在中文裏參進西文的語法，在相當的限度內，確能一新語言的面目。流弊所至寫出「三株們的紅們的牡丹花們」一類句子，那自然不行。這種新白話本來只是白話「文，」不能上口說。流行既久，有些句法也就跑進口語裏，但不多。周先生自己的散文不用說用這種新白話寫；可是他不但歐化。還有點兒日化，像那些長長的軟軟的形容句子。學這種的人就幾乎沒有。因爲歐化文的流行一半也靠着懂英文的多，容易得竅兒；懂日文的卻太少了。

創造社對於語言的努力，據成仿吾先生說，有三個方針：「一、極力求合於文法；二、極力採用成語，增進語彙；三、試用複雜的構造。」（見從文學革命到革命文學）他們雖說試用複雜的構造，卻並不大採用西文語法。增造語彙這一層做到了，白話文在他們手裏確是豐富了不少。但最重要的是他們筆鋒上的情感，那像狂風驟雨的情感。我們的白話作品，不論老的新的，從沒有過這個。那正是「個性的發現」的時代，一般讀者，特別是青年們，正感着心中有苦說不出，念了他們的創作，愛好欲狂，他們的雖也還是白話文，可是比前一期的歐化文離口語要近些了；郁達夫先生的尤其如此，所以倣效他的也最多。

陳西瀅先生的閒話平淡而冷靜，論事明澈，有點像報章文字，他的思想細密，所以顯得文字也好。他的近於口語的程度和適之先生的差不多。徐志摩先生的詩和散文雖然繁密，「濃得化不開，」他卻有意做白話。他竭力在摹效北平的口吻，有時是成功的，如志摩的詩中「太平景象」一詩。又如「一條金色的光痕」摹效他家鄉峽石的口吻也是成功的。他的好處在那股活勁兒。有意用一個地方的活語言來做詩做文，他算是我們第一個人；至於他的情思不能爲一般民衆所了解，那是另一問題，姑且不論。

有一位署名「蜂子」的先生寫過些眞正的白話詩，登在前幾年的大公報上。他將這些詩叫做「民間寫眞」，寫的大概是農村腐敗的情形和被壓迫的老百姓。用的是乾脆的北平話，押韻非常自然。可惜只登了沒有幾首，所以極少注意的人。李健吾先生的一個兵和他的老婆（現收入罎子中）是一個理想的故事，可是生動極了。全篇是一個兵的自述，用的也是北平話，充分地表現着喜劇的氣分，徐志摩先生的「太平景象」等詩乃至蜂子先生的「民間寫眞」都還只是小規模，他的可是整本兒。他將國語語助字全改作北平語語助字，話便容易活起來。我們知道國語語助字有些已經差不多光剩了一種形式，只能上紙，不能上口了。

趙元任先生改譯的最後五分鐘劇本用的是道地北平語，語助字滿都仔仔細細改了，一字一句都能上口說。這纔眞是白話。不過他的用意在研究北平的語助辭，在打一個戲譜，不在創造一種新文體那個怕也不會成爲一種新文體因爲有些分別太細微了，太瑣碎了，看起來作起來都不大方便。

國語體（即胡適之，陳西瀅諸先生的文體）是我們白話文的基調。歐化體和創造體曾經風靡一時；現在卻差點兒勢。用活的方言作文還只有幾個人試驗，沒有成爲風氣；但成績都還不壞。近年來可有一種新運動，向着另一方向去。這所謂舊瓶裏裝新酒。用時調，山歌，彈詞，宣卷，鼓詞等舊有的民間文藝的體裁來說新的東西。上海這種印本大概不少，但我沒有見，無從評論這些體裁裏面照例夾帶着好些文言，並不全是白話；那是因爲歌詞要將就音樂本與常語要不同些。這種運動用意似乎在廣播新思想而不注重文字；與前舉幾位的態度大不一樣；只有與蜂子先生還相近些。

最近宋陽先生在文學月報裏提出「大衆文藝的問題，」引起許多討論。關於「用甚麼話寫」一層宋陽先生主張用「最淺近的新興階級的普通話，」而這「又不是官僚的所謂國語。」但止敬先生在同報第二期裏指出這種普通話「還不夠文學描寫上的使用。」又有一位寒生先生在北斗雜誌上主張用「大衆日常所說的絕對白話，」就是「大多數工農大衆所說的普通話。」這種大多數工農大衆的普通話，其實是沒有的。工人間還有那不夠描寫用的普通話，農人各處一鄉，不與異鄉人接觸，那兒來的這個？其實國語區域倒是廣，用國語雖不是大多數工農大衆所說的普通話，可是相差不遠，而且比較豐富夠用。止敬先生主張，「還不能不用通行的白話，」便是爲此。但我的意思，不妨儘量地採用活的北平話，和我們的國音現在採用北平話一樣。不過都要像趙元任先生的戲譜那樣，可太麻煩；我想有些讀音的輕重和語助詞的念法不妨留給讀者自己去辨別，我們只多多採用北平話的句法和成語（可以望文生義的）就行了。若說這麼着南幾省人就不能懂，我覺得不然。他們若是識過字，讀過國語文或白話文，這是不成什麼問題的。不識字，或識字太少，那就什麼書也不能讀得從頭做起，讓他們先識夠了字。

＊　＊　＊　＊　＊

南北極和小彼得兩部書都儘量採用活的北平話，念起來虎虎有生氣，小彼得寫工人，兵，講戀愛的青年和動搖的投機的青年作者寫某一種人便加進某一種特別的語彙，所以口吻很像。「稀鬆的戀愛故事」寫現在戀愛方式的無聊，「豬腸子的悲哀」寫一個在觀望在墮落的小資產階級，「皮帶」寫一個患得患失的謀差使的人都透徹極了。「剗包線」寫一件撿米的故事；篇中空氣漸漸緊張起來，你忿忿了，然後痛快地解決了。「二十一個」寫得不大結實些；別的都不壞。南北極只寫工人，海盜，漁人，都是所謂「流浪漢」，乾脆得多，不像小彼得裏有時還免不了多少歐化的痕跡。南北極那一篇自然最酣暢淋漓，寫一個流浪漢對於上層階級的輕蔑與仇恨。這種輕蔑與仇恨是全書的中心思想。其中三篇只表這個思想和對於將來的確信。「咱們的世界」寫海盜，表面上雖也還是水滸式的英雄，骨子裏他們卻不僅是反抗貪官污吏替天行道，而是對於整個兒的上層社會輕蔑與仇恨。他們相信，「這世界多早晚總是咱們窮人的」「生活在海上的人們」便寫這班窮人的動作，雖然暫時失敗了，可是他們「還要來一次的」。這一篇寫集團的行爲，頭緒太繁了，眞不容易。但和前幾年的「標語口號文學」相比，這裏面有了技術；所以寫出來也就相當地有效力了。書中只「手指」一篇太簡略些。這裏五篇有一個特色，就是都用第一人稱的口氣；這第一人稱無論是多數還是單數，總是代表着一個集團的。小彼得中寫小資產階級的幾篇也有一個特色，就是在個性的描寫裏暗示着類型。這種手法表現着一種新意識，從前還不多見。這兩部書最重要的是其中對於社會的新態度；雖還不能算是新興文學的最進步的樣子，但這個過渡時代，在現有的作家中，這些怕也算得是很不壞的努力了。這已出了本題的範圍，還是不論罷。

* 此是據初版。

「子夜」

這幾年我們的長篇小說，漸漸多起來了；但眞能表現時代的只有茅盾的蝕和子夜。蝕寫一九二七年的武漢與一九二八年的上海，寫的是「青年在革命壯潮中所經過的三個時期。」能利用這種材料的不止茅君一個，可是相當地成功的只有他一個。他筆下是些有血有肉能說能做的人，不是些扁平的人形，模糊的影子。子夜寫一九三〇年的上海，寫的是民族資本主義的發展與崩潰的縮影。與蝕都是大規模的分析的描寫，範圍卻小些：只側重在「工業的金融的上海市」，而經過只有兩個多月。不過這回作者觀察得更有系統，分析得也更精細；前一本是作者經驗了人生而寫的，這一本是爲了寫而去經驗人生的，聽說他的親戚頗多在交易所裏混的；他自己也去過交易所多次。他這本書是細心研究的結果，並非「寫意」的創作。蝕包含三個中篇，字數還沒有這一本多，便是爲此。看小說消遣的人看了也許覺得煩瑣膩味；那是他自己太「寫意」了，怨不得作者。「子夜」的意思是「黎明之前」；作者相信一個新時代是要到來的。

這本書有主角，與蝕不同。主角是吳蓀甫。他曾經游歷歐美，抱着發展中國民族工業的雄圖，是個有作爲的人。他在故鄉雙橋鎮辦了一個發電廠，打算以此爲基礎，建築起一個模範鎮；又在上海開了一爿大絲廠。不想雙橋鎮給農匪破壞了，他心血算白費了。絲廠因爲競爭不過日本絲和人造絲，漸漸不景氣起來，只好在工人身上打主意，扣減她們的工錢。於是醞釀着工潮，勞資的衝突一天天尖銳化。那正是內戰大暴發的時候，內地的現銀向上海集中。金融界卻只曉得做地皮，金子，公債，毫無企業的眼光。蓀甫的姊丈杜竹齋便是一個，而且是膽子最小最貪近利的一個。蓀甫自然反對這種態度。他和孫吉人王和甫頂下了益中信託公司，打算大規模地辦實業。他們一氣兼併了八個製造日用品的小工廠，想將它們擴充起來，讓那些新從日本移植到上海來的同部門的廠受到一個致命傷。蓀甫有了這種大計劃，便覺得雙橋鎮無用武之地，破壞了也不足深惜了。

但這是個最宜於做公債的年頭，戰事常常變化，投機家正可上下其手。蓀甫本不贊成投機，而爲迅速的擴充他們的資本，便也鑽到公債裏去。這明明是一個予盾；時勢如此，他無法避免。他們的企業的基礎，因此便在風雨飄搖之中。這當兒他們的對頭趙伯韜來了。他是美國資本家的「掮客」，代理他們來吞併剛在萌芽的民族工業的。那時杜竹齋早拆了信託公司的股；蓀甫他們一面做公債，一面辦廠，便周轉不及；加上內戰時貨運阻滯，新收的八個廠的出品囤着銷不出去。趙伯韜便用經濟封鎖政策壓迫他們的公司，又在公債上與他們鬬法。他們兩邊兒都不僅「在商言商」，蓀甫接近那以實現民主政治標榜的政派，正是企業家的本色。趙伯韜是相對峙的一派，也是「掮客」的本色。他們又都代辦軍火，都做外力與封建軍閥間媒介。他們做公債時，所想所行，卻也不一定忠實於他們的政派。總之，矛盾非常多。蓀甫他們做公債失敗了，便壓榨那八個廠的工人，但還是維持不下去。蓀甫這時候氣餒了，他只想顧全那二十萬的血本，便投降趙伯韜也行。但孫王兩人不甘心，他們終於將那些廠直接頂給英日的商人。現在他們用全力做公債了，蓀甫將自己的廠和住房都押掉了，和趙伯韜作孤注一擲。他力勸杜竹齋和他們「打公司」；但結果杜竹齋反收了漁翁之利而去。蓀甫這一下全完了。他幾乎要自殺，後來卻決定到廬山歇夏去。

這便是上文所謂「民族資本主義的發展與崩潰的縮影。」若覺得說得這麼鄭重，有些滑稽，那是因爲我們的民族資本主義的進程本來滑稽得可憐。有人說這本書的要點只是公債工潮。這不錯，只要從這兩項描寫所佔的篇幅就知道。但作者爲甚麼這樣寫？他決不僅要找些新花樣，給讀者換口味。這其間有一番道理。書中朱吟秋說：

從去年以來，上海一埠是現銀過剩。銀根並不要緊。然而金融界只曉得做公債，做地皮，一千萬，兩千萬，手面闊得很！碰到我們廠家一時周轉不來，想去做十萬八萬的押款呀，那就簡直像是要了他們的性命；條件的苛刻，眞叫人生氣：（四三面）

這並不是金融界人的善惡的問題而是時勢使然。孫吉人說得好：

我們這次辦廠就壞在時局不太平，然而這樣的時局，做公債倒是好機會。（五三四面）

內戰破壞了一切，只增長了賭博或投機的心理。雖像吳蓀甫那樣有大志有作爲的企業家也到處碰壁，終於還是鑽入公債裏去。這是我們民族資本主義崩潰的大關鍵，作者所以寫益中公司的八個廠只用側筆而以全力寫公債者，便爲的這個。至於寫馮雲卿等三人作公債而失敗，那不過點綴點綴，取其與吳趙兩巨頭相映成趣，覺得熱鬧些。但內戰之外，外國資本的壓迫也是中國民族工業的致命傷。這一點作者並未忽略；他只用陪筆，如趙伯韜所代理的託辣司，益中公司將八個廠頂給英日商家，周仲偉將火柴廠頂給日本商家之類。這是作者善於用短，好騰出篇幅來專寫他熟悉的那一方面。——民族資本主義在這兩重壓迫之下，自然會走向崩潰的路上去。

然而工廠主人起初還掙扎着他們壓榨工人。於是勞資關係漸趨尖銳化。這也可以成爲促進資本主義崩潰的一個原因。但書中只寫廠方如何利用工人，以及黃色工會中人的傾軋。也寫工人運動，但他們的力量似乎很薄弱，一次次都失敗了，不足以搖動大局。或者有人覺得作者筆下的工人太軟弱些，但他也許不願意鋪張揚厲。他在我們這文壇一文（東方雜誌三十卷一號）裏說：

我們也唾棄那些印板式的「新偶像主義」——對於羣衆行動的盲目而無批評的讚頌與崇拜。

他大約只願意照眼睛所看的實在情形寫；也只有這樣纔教人相信。纔教人細想。書中寫吳蓀甫的絲廠裏一次怠工，一次罷工；怠工從旁面着筆，罷工纔從正面着筆。他寫吳蓀甫的憤怒，工廠管理人屠維嶽的陰賊險惡，工會裏的暗鬥，工人的騷動，共產黨的指揮，軍警的捕捉，——罷工的各方面的姿態，在他筆底下總算有聲有色。接着敍周仲偉火柴廠的工人到他家要求不停工的故事，這是一幕悲喜劇；無論如何，那輕快的進行，讓讀者鬆一口氣，作為一個陪筆是頗巧妙的。

書中以「父與子」的衝突開始，便是封建道德與資本主義的道德的衝突。但作者將吳蓀甫的老太爺寫得那麼不經事，一到上海，便讓上海給氣死了，未免乾脆得不近情理。再則這第一章的主旨所謂「父與子」的衝突與全書也無甚關涉。揣想作者所以如此開端，大約只是為了結構的方便，接着便可以藉着吳太爺的大殮，好同時介紹全書各方面的人物。這未免太取巧了些。但如馮雲卿利用女兒事，寫封建道德的破產，卻好。書中有一章專寫農民的騷動；寫馮雲卿的時候，也間接地概括地說到這種情形以及地主威權的動搖。這些都暗示封建農村的勢力在崩潰着。但那些封建的軍閥在書中還是活躍着的作者在我們的文壇裏說將來的文藝該是「批判」的「嚴密的分析」，「嚴格的批評。」他自己現在顯然已向着這條路走。

吳蓀甫的家庭和來往的青年男女客人，也是書中重要的點綴，東一鱗西一爪的。這些人大抵很閒，做詩做愛，高談政治經濟，唱歌，打牌，甚至鍊鏢，看太上感應篇等等，就像天底下一切無事似的。而吳蓀甫卻老是緊張地出入於幾條火線當中。他們眞像在兩個世界裏。作者寫這些人，也都各具面目。但太簡單了，好像只鈎了個輪廓就算了。如吳少奶奶，她的妹妹四小姐，阿萱，杜學詩，李玉亭等。詩人范博文卻形容太甚，彷彿只是一個笑話。杜新籜寫得也過火些。至於吳芝生，卻又太不淸楚。作者在後記裏也承認書裏有幾個小結構，因爲夏天他身體不大好，沒有充分地發展開去，這實在狠可惜。人物寫得好的，如吳蓀甫，屠維嶽的剛强自信，趙伯韜的狠辣，杜竹齋的膽小貪利。可是吳屠兩人寫得太英雄氣概了，吳尤其如此，因此引起一部分讀者對於他們的同情與偏愛，這怕是作者始料所不及罷。而屠維嶽，似乎並沒有受過新教育的人，向吳蓀甫說的話那樣歐化，也是不確當的。作者擅長描寫女人，但這本書裏卻沒有怎樣出色的，大約非意所專注之故。

作者描寫農村的本領，也不在描寫都市之下。林家舖子（收在春蠶中）寫一個小鎮上一家洋廣貨店的故事，層層剖剝，不漏一點兒，而又委曲入情，眞可算得「嚴密的分析」。私意這是他最佳之作。還有春蠶，秋收兩短篇，（均在春蠶中）也「分析」得細。我們現代的小說，正該如此取材，纔有出路。

讀心病

李健吾作

從前看慣舊小說的人總覺得新小說無頭無尾，捉摸起來費勁兒。後來習慣漸漸改變，受過教育的中年少年讀衆，看那些斬頭去尾的作品，雖費點勁兒，卻已樂意爲之。不過他們還只知道着重故事。直到近兩年，纔有不以故事爲主而專門描寫心理的，像施蟄存先生的石秀諸篇，便是；讀衆的反應似乎也不壞。這自然是一個進展。但施先生只寫了些短篇；長篇要算這本心病是第一部。施先生的描寫還依着邏輯的順序，李先生的卻有些處只是意識流的紀錄；這是一種新手法，李先生自己說是受了吳爾芙夫人等的影響。

新月四卷一號上有吳爾芙夫人牆上一點痕跡的譯文。譯者葉公超先生的識語裏說：

所以，一個簡單意識的印象可以引起無窮下意識的回想。這種幻影的回想未必有邏輯的連貫，每段也未必都完全竟可以隨到隨止，轉入與激動幻想的原物似乎毫無關係的途徑。

若許我粗率地打個比方，這有點像電影裏的回憶，朦朦朧朧的，渺渺茫茫的。心病裏有幾處最可以看出向這方面的努力。如窮鬼變成舊皮袍（十六面），電門變成母親（百零九面），秦太太路中的思想（中卷第一章），劉媽洗衣服時的回想（一九八面）。但全書的描寫大體上還是有「邏輯的連貫」的。

書中幾個重要人物都是些平常人：大學生，小官僚，官親，舊式太太小姐。這些除秦繡英外都是不幸的人；自然以陳蔚成爲最。他精神上受的壓迫最多，自己敍得很詳細：（三二五至三二七面）因此頗有些「癡」，頗有些怪脾氣；不說話，愛舅母的小脚，是顯著的例子。他舅母（洪太太）是個「有識有爲的婦人」，可是那份兒良心的責備也夠她搾扎的舅舅怯懦得出奇。陳蔚成的丈母（秦太太）受了丈夫的氣，一心寄託在女兒和菩薩身上看見一個窮叫化婆子會那麼惦記着她兄弟（吳子青）會那麼「死心眼兒」，她大女兒（繡雲）出嫁前會那麼「心煩」也怪。其實細心讀了全書，覺得滿是必然，一點不奇怪只是窮叫化婆子一件線索的確不清楚些。我們平常總不仔細地去分析人的心理乍看本書的描寫覺得有些生疏，反常靜靜去想卻覺得入情入理。

這幾個人除秦繡英外又都是壓在禮教底下的人。陳蔚成知道舅舅舅母的罪惡，卻「只有以一死了之」他丈母與妻子（秦繡雲）不用說是遵守禮教的。就是吳子青無理取鬧也仗着禮教做護符；就是洪太太一勁兒怕人說閒話也見出禮教的力量。他們都沒有自己這正是我們舊時代的遺影。除此以外，書中似乎還暗示着一種超人的力量。從頭起就描寫恐怖超人的，人的女鬼，結婚戒指忽然不見；胡方山的妻的死，陳蔚成中電他的形體，他的白手套，塵封了的他住過的屋子。而且以談鬼始，以談鬼終。讀完了這本書，眞陰森森的有鬼氣，似乎「運命」在這兒伸了一雙手。但這個「運命」是有點神祕的。不是近代的「運命」觀念。也許是愛倫坡的影響，（作者寫過一篇影，自己說受了這個人的影響）但在全書裏是諧和的。

性格最分明的，陳蔚成之外要數洪太太吳子青這三個人在我們眼前活着。別人我們只知道一枝一節，好像傳聞沒有見面。中卷第二章寫秦繡雲姊兒倆在等媽從洪家回去的一下午。寫繡雲暗地裏心焦，她妹子繡英卻老逗着她玩兒。兩個少女的心情曲曲折折地傳達出來，恰到好處。別處還免不了有堆砌的地方，這裏沒有。上卷胡方山佔的篇幅太多了，有些臃腫的樣子；特別是第九章，太平常的學生生活的一幕，與全書不稱。書中所寫，不過一個多月的事。上卷是陳蔚成自記，寫洪家；中卷寫秦家；下卷先寫洪家，次寫秦家，接着又是陳蔚成自記，寫婚後——最後寫秦繡雲接到他的遺書。第一身與第三身錯綜地用着，不但不亂，卻反覺得「合之則兩美，」爲的是兩種口氣各各用得在情在理，教讀者覺得非用不可。全書雖只涉及小小的世界，在那小世界裏，卻處處關聯着，幾乎可以說是不漏一滴水，這兒見出智慧的力量。舉一個最精密的例子：上面說過的中卷第二章裏敍張媽問秦繡雲（那時她正在暗地裏心焦等媽回來）她嫁衣的料子——

也不知道爲什麼，她忽然多起心來。她的多心使她煩躁。

——等太太回來吧，這些事情眞厮煩！

她的意思在衣料，然而不知道爲什麼卻用了一個多數，好像「這些」能掩飾住她的自覺心。

多數與單數的效用，一般人是不大會這麼辨別的。書中不少的幽默，讀的時候像珠子似地滾過我們的眼。

歐游雜記自序

這本小書是二十一年五月六月的游蹤。這兩個月走了五國，十二個地方。巴黎歹了三禮拜，柏林兩禮拜，別處沒有歹過三天以上。不用說都只是走馬看花吧了。其中佛羅倫司，羅馬兩處，因爲趕船，慌慌張張，多半坐在美國運通公司的大汽車裏看的。大汽車轉彎抹角，繞得你昏頭昏腦，辨不出方向；雖然晚上可以回旅館細細查看地圖，但已經隔了一層，不像自己慢慢摸索或跟着朋友們走那麼親切有味了。滂卑故城也是匆忙裏讓一個俗透了的引導人領着胡亂走了一下午。巴黎看得比較細，一來日子多，二來朋友多；但是盧佛宮去了三回，還只看了一踦角。在外國游覽，最運氣有熟朋友樂意陪着你；不然，帶着一張適用的地圖，一本適用的指南，不計較時日，也不難找到些古蹟名勝。而這樣費了一番氣力，走過的地方便不會忘記，也不會張冠李戴——若能到一國說一國話，那自然更好。

自己只能聽英國話，一到大陸上便不行了。在巴黎的時候，朋友來信開玩笑，說我「目游巴黎」；其實這兒所記的五國都只算是「目游」吧了。加上日子短，平時對於歐洲的情形又不熟習，實在不配說話。而居然還寫出這本小書者，起初是回國時船中無事，聊以消磨時光，後來卻只是「一不做，二不休」而已。所說的不外美術風景古蹟，因爲只有這些才能「目游」也。游覽時離不了指南，記述時還是離不了；書中歷史事跡以及尺寸道里都從指南鈔出。用的並不是大大有名的裴歹克指南，走馬看花是用不着那麼好的書的。我所依靠的不過克羅凱（Crockett）夫婦合著的袖珍歐洲指南，瓦德洛克書鋪（Ward, Lock & Co.）的巴黎指南，德萊司登的官印指南三種。此外在記述時也用了雷那西的美術史（Reinach, Apollo）和何姆司的藝術軌範（C. J. Holmes, A

Grammar of the Arts）做參考。但自己對於歐洲美術風景古蹟既然外行，無論怎樣謹愼，陋見謬見，怕是難免的。

本書絕無勝義，卻也不算指南的譯本；用意是在寫些游記給中學生看。在中學教過五年書，這便算是小小的禮物吧。書中各篇以記述景物爲主，極少說到自己的地方。這是有意避免的：一則自己外行，何必放言高論；二則這個時代，「身邊瑣事」說來到底無謂。但這麼着又怕乾枯板滯——只好由它去吧。記述時可也費了一些心在文字上：覺得「是」字句，「有」字句，「在」字句安排最難。顯示景物間的關係，短不了這三樣句法；可是老用這一套，誰耐煩！再說這三種句子都顯示靜態，也夠沈悶的。於是想方法省略那三個討厭的字，例如「樓上正中一間大會議廳」，可以說「樓上正中是——，」「樓上有——，」「——在樓的正中，」但我用第一句，盼望給讀者整個的印象，或者說更具體的印象。再有，不從景物自身而從遊人說，例如「天盡頭處偶爾看見一架半架風車。」若能將靜的變爲動的，那當然更樂意，例如「他的左胳膊底下鑽出一個孩子」（畫中人物。）不過這些也無非雕蟲小技吧了。書中用華里英尺，當時爲的英里合華里容易，英尺合華尺麻煩些；而英里合華里數目大，便更見其遠，英尺合華尺數目小，怕不見其高，也是一個原因。這種不一致，也許沒有多少道理，但也由它去吧。

書中取材，概未注明出處；因爲不是高文典册，無需乎小題大做耳。

出國之初給葉聖陶兄的兩封信，記述哈爾濱與西比利亞的情形的，也附在這裏。

讓我謝謝國立清華大學，不靠她，我不能上歐洲去。謝謝李健吾，吳達元，汪梧封，秦善鋆四位先生；沒有他們指引，巴黎定看不好，而本書最佔篇幅的巴黎游記也定寫不出。謝謝葉聖陶兄，他老是鼓勵我寫下去，現在又辛苦地給校大樣。謝謝開明書店，他們願意給我印這本插了許多圖的小書。

二十三年四月，北平清華園。

文心序

記得在中學校的時候，偶然買到一部薹園課蒙草，一部彪蒙書室的論說入門，非常高興。因爲這兩部書都指示寫作的方法。那時的國文教師對我們幫助很少，大家只茫然地讀，茫然地寫；有了指點方法的書，彷彿夜行有了電棒。後來纔知道那兩部書並不怎樣高明，可是當時確得了些好處。——論讀法的著作，卻不曾見，便喫虧不少。按照老看法，這類書至多只能指示童蒙，不登大雅。所以眞配寫的人都不肯寫；流行的很少像樣的，童蒙也就難得到實惠。

新文學運動以來，這一關總算打破了。作法讀法的書多起來了；大家也看重起來了。自然眞好的還是少，因爲這些新書——尤其是論作法的——往往泛而不切；假如那些舊的是餖飣瑣屑，束縛性靈，這些新的又未免太無邊際，大而化之了——這當然也難收實效的。再說論到讀法的也太少；作法的偏畸的發展，容易使年輕人誤解，以爲只要曉得些作法就成，用不着多讀別的書。這實在不是正路。

丏尊聖陶寫下文心這本「讀寫的故事」，確是一件功德。書中將讀法與作法打成一片，而又能近取譬，切實易行。不但指點方法，並且着重訓練；徒法不能自行，沒有訓練，怎麼好的方法也是白說。書中將教學也打成一片，師生親切的合作才可達到教學的目的。這些年頗出了些中學教學法的書，有一兩本確是積多年的經驗與思考而成。但往往失之瑣碎，又側重督責一面，與本書不同。本書裏的國文教師王先生不但認眞而且親切。他那慈祥和藹的態度，教學生不由地勤奮起來，彼此親親暱暱地討論着，沒有一些浮囂之氣。這也許稍稍理想化一點，但並非不可能的。所以這本書不獨是中學生的書，也是中學教師的書。再則本書是一篇故事，故事的穿插，一些不缺少；自然比那些論文式綱舉目張的著作容易教人記住——換句話說，收效自然大些。至少在這一件上，這是一部空前的書。丏尊聖陶都做過多少年的教師，他們都是能感化學生的教師，所以才寫得出這樣的書。丏尊與劉薰宇先生合寫過文章作法，聖陶寫過作文論。這兩種在同類的著作裏是出色的，但現在這一種卻是他們的新發展。

自己也在中學裏教過五年國文，覺得有三種大困難。第一，無論是讀是作，學生不容易感到實際的需要。第二，讀的方面，往往只注重思想的獲得而忽略語彙的擴展，字句的修飾，篇章的組織，聲調的變化等。第三，作的方面總想創作，又急於發表。不感到實際的需要，讀和作都只是爲人，都只是奉行功令；自然免不了敷衍，遊戲。只注重思想而忽略訓練，所獲得的思想必是浮光掠影。因爲思想也就存在語彙，字句，篇章，聲調裏；中學生讀書而只取其思想，那便是將書裏的話用他們自己原有的語彙等等重記下來，一定是相去很遠的變形。這種變形必失去原來思想的精彩而只存其輪廓，沒有甚麼用處。總想創作，最容易浮誇，失望沒有忍耐而求近功實在是苟且的心理。——這似乎是實際的需要，細想卻決非「實際的」。本書對於這三件都已見到除讀的一面引起學生實際的需要，還是暫無辦法外（第一章，周枚叔論「編中學國文教本之不易」）其餘都結實地分析，討論，有了補救的路子。（如第三章論「作文是生活中間的一個項目」，第九章朱志青論文病，第十四章王先生論讀文聲調，第十七章論「語彙與語感」，第二十九章論「習作創作與應用」。）此外，本書中的議論也大都正而不奇，平而不倚，無畸新畸舊之嫌，最宜於年輕人。譬如第十四章論讀文聲調，第十六章論「現代的習字」，乍看彷彿復古，細想便知這兩件事實在是基本的訓練，不當廢而不講。又如第十五章論「無別擇地迷戀古書之非」，也是應有之論，以免學生鑽入牛角尖裏去。

最後想說說關於本書的故事。本書寫了三分之二的時候，丙尊聖陶做了兒女親家。他們倆決定將本書送給孩子們做禮物。丙尊的令嬡滿姑娘，聖陶的令郎小墨君，都和我相識；滿更是我親眼看見長大的。孩子都是好孩子，這才配得上這件好禮物。我這篇序也就算兩個小朋友的訂婚紀念罷。

二十三年五月十七日，北平清華園。

中華民國二十五年三月初版
中華民國二十五年八月再版

（82203·2）

文學研究會創作叢書 你我一冊

每冊實價國幣柒角
外埠酌加運費匯費

二四二二上

著作者 朱自清
發行人 王雲五 上海河南路
印刷所 商務印書館 上海河南路
發行所 商務印書館 上海及各埠

（本書校對者林東塘）

图书在版编目（CIP）数据

你我 / 朱自清著. -- 天津：百花文艺出版社，
2020.4(2024.1重印)
(现代文学名著原版珍藏. 第二辑)
ISBN 978-7-5306-7824-4

Ⅰ. ①你… Ⅱ. ①朱… Ⅲ. ①散文集-中国-现代
Ⅳ. ①I266

中国版本图书馆CIP数据核字(2020)第062174号

你我
NIWO
朱自清 著

选题策划：唐冠群　　美术编辑：张振洪
责任编辑：于静筠　王　欣
出版发行：百花文艺出版社
地址：天津市和平区西康路35号　邮编：300051
电话传真：+86-22-23332651（发行部）
+86-22-23332656（总编室）
+86-22-23332478（邮购部）
网址：http://www.baihuawenyi.com
印刷：宝蕾元仁浩（天津）印刷有限公司
开本：787×1092毫米　1/32
字数：128千字
印张：8
版次：2020年4月第1版
印次：2024年1月第4次印刷
定价：25.00元

如有印装质量问题，请与宝蕾元仁浩（天津）印刷有限公司联系调换
地址：北京朝阳区西坝河南路6号西座102室
电话：(010) 84498866 邮编：100028